HAU-KIOU-CHOAAN,

OU

L'UNION BIEN ASSORTIE,

ROMAN CHINOIS,

ORNÉ DE QUATRE GRAVURES.

TOME QUATRIÈME.

PARIS,

MOUTARDIER, LIBRAIRE,

RUE GIT-LE-COEUR, N° 4.

1828.

HAU - KIOU - CHOAAN,

OU

L'UNION BIEN ASSORTIE.

DE L'IMPRIMERIE DE GUIRAUDET,

RUE SAINT-HONORÉ, N° 315.

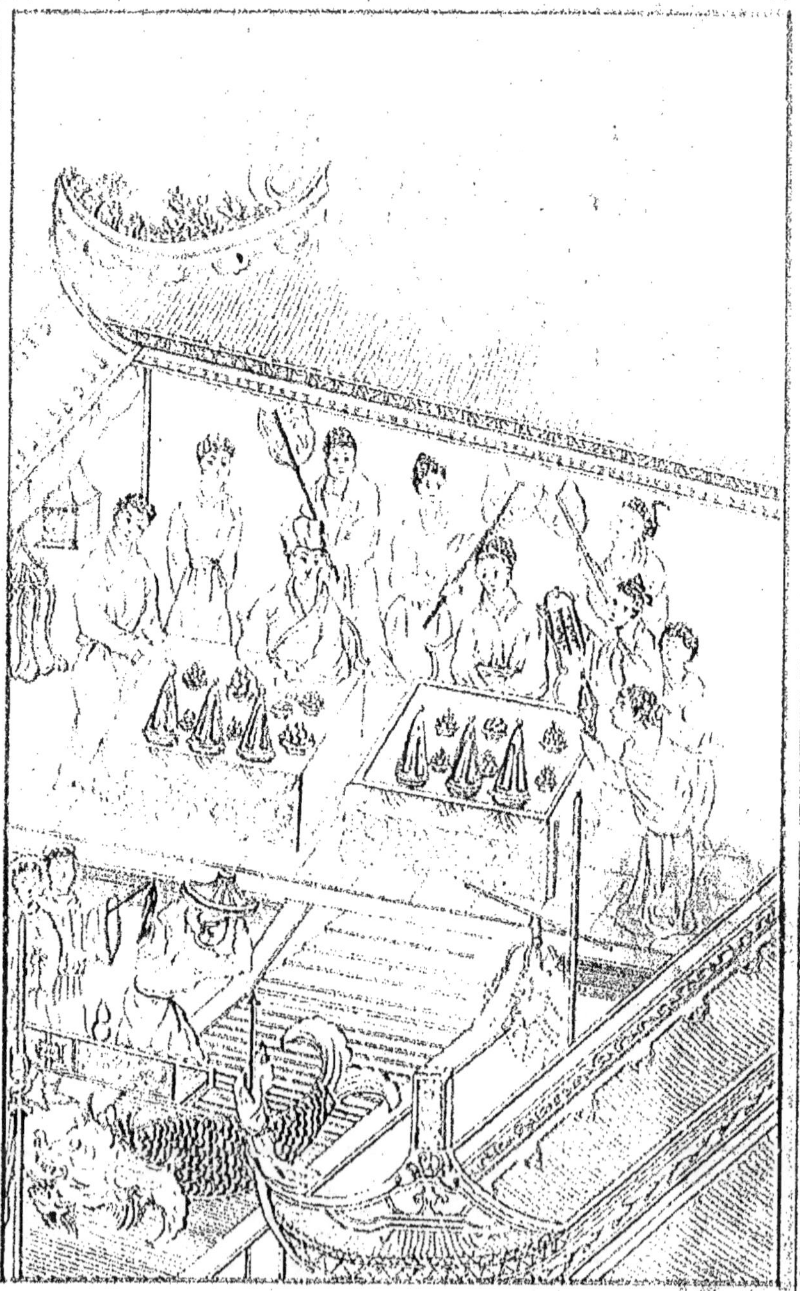

HAU-KIOU-CHOAAN,

OU

L'UNION BIEN ASSORTIE,

ROMAN CHINOIS.

TOME QUATRIÈME.

PARIS,

MOUTARDIER, LIBRAIRE,

RUE GIT-LE-COEUR, N° 4.

1828.

HAU-KIOU-CHOAAN,

ou

L'UNION BIEN ASSORTIE.

CHAPITRE PREMIER.

Le tribunal des trois, ayant reçu l'ordre de l'empereur, fixa un jour pour entendre la cause de Hû-hiau et la juger. Le jour venu, aussitôt que les mandarins eurent pris séance avec le suprême vice-roi Tieh-ying, l'infortuné général fut amené de prison, et son procès commença.

Tieh-chung-u arriva par hasard ce même jour à Péking. Comme il n'était pas rentré dans cette ville depuis son retour de Shan-tong, il demanda aussitôt des nouvelles de son père. Sa mère lui apprit qu'on l'avait mandé pour une affaire extrêmement importante, et qu'on avait cité en justice un grand-officier.

« Puisque la guerre est déclarée, dit-il, et qu'on a besoin d'hommes vaillants dans cette conjoncture critique, pourquoi cherche-t-on à les détruire? Je veux aller à l'audience. Peut-être mon père se laissera-t-il entraîner par ses collègues, et ne suivra-t-il point ce que dictent la justice et l'honneur. »

En y arrivant, Tieh-chung-u fut étonné de voir Hû-hiau lié et garotté en attendant l'exécution : on l'avait en effet condamné au supplice, qui devait avoir lieu à midi trois quarts. Il y avait une si grande affluence de peuple, qu'il eut la plus grande peine pour arriver jusqu'au criminel. Quoique extrêmement jeune, il avait l'air mâle et intrépide, le regard fier comme un tigre, la poitrine large, la taille robuste et bien proportionnée (1).

(1) On peut voir dans Denys-Kao combien ces peuples ont égard aux traits et à la complexion dans le choix de leurs généraux. Cet auteur, faisant le portrait de Quan-in-chang, qu'on peut regarder comme le Mars de la Chine, dit que son visage est d'un rouge de sang foncé, couleur, ajoute-t-il, fort estimée chez les gens de guerre. Les Chinois même s'imaginent qu'elle leur porte bonheur, parce qu'elle leur inspire du courage et les anime à bien faire.

Les Chinois ont encore un autre motif pour

Tieh-chung u, surpris qu'un homme
dont la physionomie promettait tant
de courage eût commis une lâcheté :

choisir des généraux dont le physionomie ait quelque chose de farouche : c'est qu'ils croient imposer ainsi à leurs ennemis. Martinius dit qu'ils
ont coutume, depuis un temps immémorial, de
peindre le général qui remporte le prix à l'examen qu'ils font tous les trois ans, d'une taille gi-
gantesque et armé de pied en cap, et d'envoyer
ce portrait chez toutes les nations voisines, pour
leur inspirer de la terreur. (*Voy. Hist.*, page
405.)

L'amiral Anson rapporte, dans son *Voyage*,
que, les Anglais ayant été obligés de traverser
une forteresse, les Chinois placèrent sur le pa-
rapet, dans le dessein de faire respecter leur
puissance militaire, un soldat d'une taille déme-
surée, avec une grosse hache d'arme à la main
et couvert d'armes très brillantes, que nos gens
soupçonnèrent n'être que du papier doré. (*Voy.*
page 240.)

« Monsieur, lui dit-il, vous me paraissez un vaillant homme : puis-je vous demander de quoi on vous accuse ? comment avez-vous été battu ? »

Hû-hiau lui répondit, la rage et le désespoir peints sur le visage :

« Un homme ne peut mourir qu'une fois, et peu importe de quelle manière il meure. Comment serait-il possible que moi qui porte un poids de dix *tan* (1) dans mes bras, et qui sais me battre de dix-huit manières différen-

___

(1) *Tan*, c'est-à-dire cent *catti* ou livres chinoises, ou environ cent vingt-cinq livres poids d'Europe. (P. Semedo, page 72 ; Duhalde, vol. 1, page 576 ; Kempser, page 367. *Voyez* le *Supplément aux Voyages* de Dampier, page 132.)

tes (1), je sois vaincu par quelqu'un?
Quel échec ai-je souffert? Je prends
le Ciel à témoin que ce dont on m'accuse est une pure calomnie. Cependant
il faut que je meure !

(1) Suivant la discipline militaire des Chinois,
les mandarins militaires passent par les mêmes
degrés que les lettrés, je veux dire par ceux de
bachelier, de licencié et de docteur, de même
qu'autrefois en France il y avait des chevaliers
de droit tout comme d'épée.

Les examens militaires ne diffèrent en rien de
ceux des lettrés. On donne aux candidats un thè-
me ou un sujet relatif à l'art militaire, sur lequel
ils composent une dissertation. On exige ensuite
qu'ils montrent leur adresse à tirer de l'arc, à
monter à cheval, à manier leurs armes, et qu'ils
donnent des preuves de leur force et de leur
dextérité. Il est rare que l'on confie le commandement à un homme, à moins qu'il n'ait pris
quelque grade.

Les mandarins doivent exercer souvent leurs
soldats, et les passer en revue. Ces exercices

« — Mais comment vous a-t-on condamné, puisque vous n'êtes point coupa-
ble? Si vous avez quelque chose à dire
pour votre défense, que ne parlez-
vous? Il en est temps encore.

consistent dans des marches sans ordre, dans des
escarmouches, et à se rallier au son du cor et de
la trompette. On apprend aux soldats à tirer de
l'arc, à manier le sabre, et à tenir leurs armes
en bon état. Comme le métier de soldat n'est pas
fort dangereux en Chine, à cause de la paix pres-
que continuelle dont on y jouit, les mandarins
croient accorder une faveur à un homme en le
recevant soldat : il ne sert en effet que dans le
lieu de sa résidence, et son service se réduit à
empêcher les vols, ce qui lui laisse le temps de
vaquer à sa profession. On compte en Chine dix-
huit mille mandarins militaires, et plus de sept
cent mille soldats. Le fantassin a cinq sous et une
chopine de riz par jour, et le cavalier à proportion. (P. Duhalde, vol. 1, page 260; P. Semedo,
page 96, etc.; *Hist. mod. univ.*, vol. 8, page
150; *Lett. édif.*, r. 5, page 155.)

« — Nous vivons, reprit Hû-hiau en soupirant, dans un siècle de bassesse et de corruption.

« — Puisque vous n'avez pas l'intention de vous justifier, permettez-moi de vous adresser une question. Si l'on vous renvoyait absous, seriez-vous encore disposé à marcher contre l'ennemi ?

« — En pouvez-vous douter ? n'est-ce pas mon devoir ? Fallût-il combattre mille fois, je regarderais cette obligation comme une bagatelle. »

Le jeune homme, sans rien ajouter, demanda quelle heure il était. « Dix heures passées, lui répondit-on. » Aussitôt il se fit jour à travers la foule, et se rendit à la salle d'audience, où se trouvaient les trois présidents du tribunal.

« Je souhaite une parfaite santé à vos

excellences, s'écria-t-il tout haut. Vous
êtes tous trois de grands-officiers de sa
majesté, et il convient en cette qualité
que vous fassiez tous vos efforts pour le
bien public. Nous manquons de vaillants
hommes, et l'on ne saurait en former
par un ordre de l'empereur. Nos mœurs
sont corrompues; tout ne tend qu'à la
perte de l'empire. Dites-moi, je vous
prie, est-ce à la justice publique que
vous sacrifiez cet homme, ou bien êtes
vous dirigés par quelque considération
particulière? »

Les trois mandarins, qui n'avaient
condamné Hû-hiau que pour complaire
à leurs supérieurs, furent ravis de trouver un homme qui prît sa défense, quoiqu'ils fussent fâchés du peu de respect
qu'il leur témoignait.

Au bout de quelques minutes, le président criminel reconnut le fils du suprême vice-roi, leur collègue ; et son père, l'apercevant, frappa des mains sur la table, et dit :

« Comment osez-vous vous présenter ici avec tant de hardiesse et d'insolence ? Qu'on se saisisse de sa personne et qu'on le lie : je ne connais point ici de parents.

« — Non, non, s'écria Tieh-chung-u. Cet ordre est injuste : écoutez-moi du moins avant de me faire arrêter. Je demande à vos excellences pourquoi l'empereur a fait placer le tambour à la porte de son palais, si ce n'est pour que le peuple trouve chez lui la justice qu'on lui refuse ailleurs.

« — Qui êtes-vous, lui dit le suprême

vice-roi, et quelle liaison avez-vous
avec le criminel ?

«— Je ne le connais point, répondit
Tieh-chung-u; mais ayant vu un homme
brave, et qui pouvait être utile à l'empereur et à sa patrie, je suis venu pour
prendre sa défense.

«— Que vous importe, lui dit son
père, de savoir qui il est et ce don t il est
capable. Qu'on arrête mon fils et qu'on
le lie.»

Les deux autres mandarins le prièrent
de différer quelques moments, et l'ayant
fait appeler, ils lui parlèrent en ces
termes :

« Vous paraissez avoir une intention
bienveillante, et agir par un bon prin-
cipe ; mais vous devez sentir que les
choses doivent être conduites dans les

formes judiciaires, et non point avec
précipitation. Il y a un an que Hû-
hiau est en prison, et le mandarin
Shuey-keu-yé en exil, sans que personne
ait encore pris leur défense. Le premier
vient d'être jugé et condamné; il serait
ridicule de le renvoyer absous ; l'empereur en serait fâché. Le mandarin
Kwo-sho-su a déjà informé Sa Majesté
de la sentence de mort que nous venons de rendre : comment la révoquer?»

Tieh-chung-u poussa un profond
soupir et dit :

« Dans le jugement que vous venez
de rendre, vous avez plutôt consulté
vos intérêts que le bien public. Vos
excellences ne peuvent ignorer que dans
les siècles passés les mandarins s'oppo-
saient très souvent à l'injustice, ou du

moins ne faisaient rien au préjudice de leur pays ni de leur conscience, quelque absolus que fussent les ordres de l'empereur (1). Pourquoi étudiez-vous

(1) Ainsi, chez les Chinois, comme chez d'autres nations, on sacrifie souvent la raison et la justice au bon plaisir de l'empereur. Cependant l'histoire de cet empire nous fournit des exemples de fermeté et de vertu qui feraient honneur à la Grèce et à Rome. On a vu des ministres qui ont fait des remontrances à l'empereur, malgré la persuasion que leur hardiesse leur coûterait la vie, au point qu'ils ont porté leur bière avec eux jusqu'à la porte du palais. (*Voyez* le P. Le Compte, tome 2, page 55; P. Duhalde, vol. 1, page 250.)

Voici un exemple qui montre l'adresse avec laquelle les Chinois savent quelquefois réprimer les passions de leurs souverains :

Le roi de Tsi, dit un auteur chinois, avait un cheval qu'il aimait beaucoup, et qui mourut par la négligence du palfrenier. Le roi fut tellement irrité, qu'il saisit une lance, et allait percer ce

les lois et la justice ? Est-ce pour servir
les caprices de ceux qui ont l'autorité
en mains ? »

malheureux. Le mandarin Yen-tse détourna le
coup, et dit à son maître : « Seigneur, cet homme
« allait perdre la vie avant de savoir le crime qu'il
« a commis. — Je consens, lui dit le roi, que
« vous le lui fassiez connaître. » Aussitôt le ministre prit la lance, et pointant le criminel :
« Malheureux, lui dit-il, écoute les crimes que
tu as commis : premièrement tu as laissé mourir
un cheval que ton prince t'avait confié, et par-là
tu as mérité la mort ; en second lieu, tu es
cause que mon prince est entré dans une si grande
colère, qu'il a voulu te tuer de ses propres mains.
Mais voici un crime encore bien plus grand : tu
as été cause que mon prince a pensé se déshonorer chez tous les princes et les états voisins où
l'on aurait appris qu'il avait tué un homme pour
un cheval ; c'est toi, malheureux, qui es la cause
de tout cela.

« — Qu'on le laisse libre, reprit le prince : je lui
pardonne sa faute. » (P. Duhalde, vol. 1, p. 600.)

Les deux autres mandarins se turent ; mais son père s'écria :

« Quoi ! êtes-vous fou ? Je vous ai dit que la sentence était rendue , et que la mort du condamné était inévitable.

« —Quoi ! reprit Tieh-chung-u, seriez-vous impitoyable envers un homme aussi brave et aussi vaillant ?

« — Hù-hiaù , répondit le grand vice-roi , a été condamné suivant la loi : on ne doit pas plus être touché de sa mort que de celle d'un chevreau. A quoi servirait la pitié , puisqu'il n'y a plus moyen de le sauver?

« — Il n'est point un homme ordinaire , dit Tieh-chung-u ; vous ignorez ses grandes qualités. Pourquoi ne point le mettre au rang des grands hommes

qui gardent la muraille de dix mille
lee (1). C'est la coutume, lorsqu'ils
commettent une faute, de ne point
les condamner à mort, mais de la
commuer pour quelque service important. Pourquoi ne pas le traiter de
même ? »

(1) *Van-li tchang tching*, c'est-à-dire la muraille de dix mille *lee* de long. C'est ainsi que les
Chinois appellent cette muraille merveilleuse qui
sépare les provinces du nord de la Tartarie.

Cet ouvrage prodigieux fut commencé deux cent
quinze ans avant Jésus-Christ, pour mettre trois
grandes provinces à couvert des irruptions des
Tartares. Pour l'exécuter on prit le tiers des ha-
bitants de chaque province ; pour en jeter les
fondements sur la côte de la mer, on coula à
fond une grande quantité de vaisseaux chargés
de pierres et de fer. Les ouvriers avaient ordre,
sous peine de la vie, de ne laisser aucun vide
entre les pierres. Aussi, la muraille est si large

Les deux mandarins convinrent qu'il avait raison.

« Mais, ajoutèrent-ils, qui se rendra garant que ses actions mériteront son pardon ?

« — Moi, reprit Tieh-chung-u. Remettez-lui le commandement, et s'il ne répond point à votre attente, faites-moi trancher la tête. »

que six cavaliers de front peuvent aller dessus.

Cette muraille est admirable sous deux points : 1° dans son cours, de l'est à l'ouest, elle suit la pente des plus hautes montagnes, et elle est fortifiée de grosses tours, éloignées l'une de l'autre de deux portées de flèche ; 2° elle n'est point en ligne droite, mais en forme de spirale, suivant la disposition des montagnes ; de sorte qu'on peut dire que, du côté du nord, la Chine est enfermée de trois murailles au lieu d'une. Cinq ans suffirent pour la bâtir. (P. Duhalde, vol. 1, p. 20, 260 ; Martin, *Atlas*, p. 15, etc. ; P. Le Compte, tome 1, p. 115.)

Les deux mandarins conférèrent avec son père.

« Comme votre fils, lui dirent-ils, s'est rendu caution pour Hû-hiau , à la vue de tout le monde , nous sommes en droit de présenter une requête en sa faveur, sans qu'on puisse nous accuser de partialité, ni d'employer des moyens illégitimes pour lui sauver la vie. »

Le grand vice-roi se rendit à leurs raisons , renvoya en prison le criminel enchaîné, et demanda une caution par écrit à Tich-chung-u.

Les trois mandarins dressèrent ensuite une requête, dans laquelle il rendaient compte à l'empereur de la conduite qu'ils avaient tenue. Comme on était en guerre, l'affaire fut bientôt expédiée, et l'empe-

reur y répondit le lendemain en ces
termes :

« Puisqu'il se présente un homme
« courageux pour commander les trou-
« pes que j'ai envoyées hors de la mu-
« raille, et que Tich-chung-u, fils du
« grand vice-roi, s'est rendu caution
« de la bonne conduite de Hù-hiau, je
« suspends son exécution, et je le revêts
« du commandement qu'il a eu par le
« passé. Je lui donne aussi une épée
« pour punir de mort quiconque lui
« désobéira, ou négligera son devoir,
« l'autorisant pareillement à comman-
« der partout où la guerre aura lieu.
« S'il se conduit bien, et que le succès
« couronne ses efforts, ma faveur l'élè-
« vera ; sinon il sera puni encore plus
« sévèrement.

« Shuey-keu-yé l'a d'abord recom-
« mandé et protégé, et Tieh-chung-u
« vient de se rendre caution pour lui.
« Si ensuite il se comporte mal, je m'en
« prendrai à ces deux personnes, et je
« les regarderai comme aussi coupables
« que lui. Qu'il fasse donc attention à
« ceci, et qu'il parte de suite pour aller
« où son devoir l'appelle. »

L'empereur remit cet ordre à un
mandarin, qui alla faire sortir de prison
Hù-hiau et Tieh-chung-u. Tous deux
vinrent remercier leurs juges, et prirent un logement dans la maison du
vice-roi, où ils se préparèrent à partir
deux jours après. Ils quittèrent Péking,
parfaitement bien équipés (1), sous l'es-

(1) Les lettrés se rendent à leurs gouverne-

corte d'un grand nombre de domestiques et de soldats. Lorsqu'ils arrivèrent
à la muraille, les officiers, voyant revenir
Hù-hiau avec l'épée de l'empereur, lui
témoignèrent toutes sortes de respects.
Ce général se conduisit avec tant de bravoure qu'il termina la guerre au bout de

ments en chaise, et les militaires à cheval, mais
avec le même faste et la même pompe. Leurs
chevaux en général ne sont pas beaux, mais les
harnois sont superbes, les mors et les étriers
sont d'argent ou de vermeil. Les selles sont d'une
grande richesse, et les rênes faites de satin pi-
qué. Du panneau de devant pendent deux grosses
houpes de soie de même couleur que le capara-
çon, suspendues à des anneaux dorés ou argen-
tés. Ils sont suivis d'un grand nombre de gens à
cheval, dont les uns vont devant et les autres
derrière, sans compter les domestiques habillés
en satin ou en toile de coton, selon la qualité de
leurs maîtres. (Duhalde, vol. 1, page 285.)

six mois, et rétablit la paix et la tran-
quillité dans l'empire. Alors sa majesté
l'avança en grade, et rétablit Shuey-
keu-yé dans son emploi; il voulut même
récompenser la sagesse et la probité de
Tieh-chung-u, et le créer docteur en loi;
mais celui-ci refusa cette faveur, en disant qu'il voulait la mériter par son savoir et son application.

CHAPITRE II.

Le mandarin Kwo-sho-su fut tellement mortifié de ces événements, qu'il
n'osa plus se montrer en public, et demanda à se démettre de sa charge, sous
prétexte de maladie. D'un autre côté,
Shuey-ken-yé ne fut pas plus tôt de
retour à la cour, qu'on le nomma *shang-
shu* (président du tribunal des armes).
Les mandarins qui l'avaient menacé
pour ne s'être pas prêté aux propositions
qu'ils lui avaient faites au sujet de Kwo-

sho-su et de son fils craignirent son ressentiment ; mais lorsqu'ils vinrent lui faire visite et lui demander pardon, il les assura qu'il ne les blàmait point de la conduite qu'ils avaient tenue , et que , s'il lui était arrivé du mal, il ne s'en prenait qu'à lui-même.

Après avoir présenté ses respects à l'empereur, il alla visiter le vice-roi et son fils. Celui-ci était absent, et le père le reçut en personne. Shuey-keu-yé s'informa de la santé de Tich-chung-u.

Son père répondit qu'il s'occupait de ses études à la campagne.

« Je viens , ajouta Shuey-keu-yé , pour lui rendre mes devoirs, et le remercier des services qu'il m'a rendus par sa sagesse et son courage. J'aurais un plaisir infini à le voir.

«—Il ira demain vous rendre visite,» lui dit le père.

A ces mots ils se séparèrent.

Le mandarin Tieh n'était pas satisfait que son fils fréquentât une trop grande compagnie; cependant, ne pouvant se refuser à la prière du président, il envoya dire à son fils d'aller le voir. Tieh-chung-u répondit au domestique qui lui porta ce message:

« Comme ce mandarin est venu seulement pour nous faire compliment, il suffit que mon père aille auprès de lui. J'interromprais mes études si j'allais à Péking (1), les visites emploie-

(1) Le nom de Péking signifie la *cour du nord*, pour le distinguer de *Nan-king*, la *cour du midi*, où les empereurs faisaient autrefois leur résidence. Les Chinois appellent la capitale plus
T. IV.

raient une grande partie de mon temps,
et je n'aime point d'ailleurs la compa--

communément *Shun-tien-foo*, ou la ville qui ressemble au ciel. Péking est divisée en deux parties,
dont l'une est habitée par les Chinois, et l'autre
par les Tartares. Elle a environ dix-huit milles de
circuit, et elle est entourée d'un rempart élevé
de quarante à cinquante coudées de hauteur,
flanqué de tours, et dont la largeur est si grande
que plusieurs cavaliers peuvent marcher de front
dessus.

On y entre par neuf grandes portes parfaitement décorées. Les rues sont tirées au cordeau,
se coupent en angles droits, et sont ornées d'arcs
de triomphe, de tours revêtues de porcelaine, de
temples, et distinguées par des noms pompeux,
comme la *rue des Parents du Roi, de la Tour
blanche, du Repos éternel*, etc. Cette dernière
rue a près de quatre milles de long, sur soixante
verges de large.

Les boutiques sont placées de chaque côté de
la rue, et élevées d'un seul étage. Devant chaque porte est un piédestal soutenant un ais de
vingt à vingt-deux pieds de haut, sur lequel est

gnie. Dites à mon père que je le prie
de me dispenser de cette visite. »

Le domestique rapporta cette réponse
à son maître, qui en fut très content,
et qui se rendit seul chez le président.
Celui ci-lui demanda où était son fils.

« Il est malade, répondit-il : je vous
prie de l'excuser s'il n'est pas venu vous
rendre ses devoirs.

« — Les hommes de sens aiment la so-
litude : comme votre fils est de ce nom-

écrit : *Pú-pú* (il ne vous trompera point). Ce double rang de piédestaux produit un très bel effet.

Les rues sont ordinairement remplies de peuple, de chevaux, de mulets, de chameaux, de
voitures, comme les villes d'Europe les plus
peuplées ; cependant on n'y voit aucune femme.
(*Voy*. le P. Duhalde, vol. 1, page 46, 65, etc.;
P. Magal., chap. 17 ; P. Le Compte, tome 1,
page 89, etc. ; Mart., *Atlas*, page 29 ; *Hist.
mod. univ.*, VIII, page 18, etc.)

bre, je ne suis point surpris qu'il fuie
la compagnie. J'irai le voir chez lui. »

Après deux mots de discours semblables, ils prirent congé l'un de l'autre.

Le mandarin Shuey-ken-yé jugea que
ce jeune homme, aimant ainsi la retraite,
devait avoir beaucoup d'esprit et de
jugement, et conçut un plus grand
désir de le voir.

Il s'était formé une si bonne opinion
de lui, qu'il songea dès ce moment à le
marier avec sa fille. Par son ordre un
domestique alla au village où Tieh-
chung-u faisait sa résidence, pour savoir
s'il était chez lui.

Comme on répondit qu'il s'y trouvait,
il se rendit auprès de lui deux jours
après lui avoir donné avis de sa visite,
ainsi que cela se pratique.

Le village que Tich-chung-u avait choisi pour sa retraite se nommait Séé-shan (la montagne d'Occident). Il sortait de table lorsqu'on l'avertit que le mandarin Shuey-keu-yé venait lui rendre visite. Ce nom lui ayant rappelé les charmes de sa fille Shuey-ping-sin , il poussa un profond soupir , et réfléchit sur la manière étrange dont la fortune avait conduit les événements.

« Je ne songeais point , dit-il en lui-même , que je contribuerais au rétablissement du père de cette jeune demoiselle lorsque je me suis rendu caution pour Hù-hiau. Non seulement j'ai sauvé la vie à ce dernier , mais j'ai encore rétabli dans son emploi un mandarin d'un mérite distingué. Je pourrais maintenant lui demander sa fille en mariage , si je ne l'avais connue au tribunal du *che-hien*, et si elle ne m'avait reçu en-suite dans sa maison ; mais, hélas ! notre union est devenue impossible, à moins de vouloir nous exposer tous deux à la ca-lomnie, et confirmer le soupçon déjà for-mé d'un commerce secret entre nous. »

Il chercha dans son esprit un moyen de lever cette difficulté ; mais sa délica-tesse fit naître en lui tant de scrupules, et lui représenta la critique du public dans un jour si effrayant, comme si elle eût dû s'étendre sur lui et sur sa posté-rité , qu'il ajouta :

« Enfin je serais forcé de la refuser, quand même son père viendrait me l'of-frir. »

Il était plongé dans ces réflexions affligeantes, lorsqu'il vit entrer dans sa

salle un homme en habit de docteur,
qui lui cria :

« *Hiong* (1) (frère), vous êtes d'un
accès si difficile que je n'ai pu vous
voir qu'aujourd'hui.

« —Monsieur, lui dit le jeune homme,
vous ne me connaissez pas sans doute,
car autrement vous ne me parleriez point
ainsi » Il lui rendit ensuite les honneurs
qu'il crut lui être dus.

(1) On a vu dans une note du second volume
que les Chinois font grand cas des hommes qui
étudient, et qu'il faut beaucoup d'application
pour acquérir la connaissance de leur littérature.
Voici un petit conte moral qui, en même temps
qu'il indique l'opinion des Chinois, montre l'uti-
lité de la persévérance :

« Li-pé, qui, sous la dynastie de Han, devint
un des premiers docteurs de la cour, s'appliqua
à l'étude dès son enfance. Ayant été refusé dans
un examen, et désespérant de pouvoir jamais

Le vieux mandarin le prit ensuite par la main , et, le regardant fixement : « J'avais conçu, lui dit-il, beaucoup d'estime pour vous sur le rapport qu'on m'a fait de votre vertu et de votre sagesse ; mais je vous avouerai qu'elle augmente en vous voyant. Je suis extrèmement ravi de vous connaître. Je me suis rendu chez vous pour vous faire visite, et j'ai trouvé votre père, qui

obtenir un degré, il résolut de renoncer à l'étude et d'embrasser une autre profession. Comme il méditait ce dessein, il rencontra une vieille femme qui aiguisait un gros pilon de fer sur une pierre. — Que faites-vous là? lui dit il. — Je diminue ce pilon, répondit-elle, pour en faire une aiguille à broder. » Li-pé, saisissant le sens de sa réponse, reprit le cours de ses études, et s'y appliqua avec tant d'ardeur, qu'il parvint aux premiers emplois de l'état. » (P. Duhalde, vol. 1, page 586.)

m'a dit que vous n'aimiez point à vous montrer en public : c'est pourquoi je suis venu vous voir en particulier. »

Tieh-chung-u tressaillit de joie à ces mots, et lui dit :

« Ah ! Monsieur, vous êtes sans doute le mandarin Shuey-keu-yé, qui a vieilli dans les lettres? » Et lui présentant ensuite un *tieh-tsé* (billet de compliment) :

« J'espère, Monsieur, ajouta-t-il, que vous me pardonnerez de ne vous avoir pas reconnu.

« — Je viens pour vous remercier de mon rappel, et pour voir un jeune homme dont tout le monde parle avec éloge.

« — Je vous prie, Monsieur, de me pardonner l'impolitesse que j'ai commise en n'allant pas vous voir hier : j'en aurais agi autrement si j'avais eu l'honneur de vous connaître. »

Après quelques autres compliments semblables, Tieh-chung-u fit servir un repas. Shuey - keu - yé fut enchanté de cette politesse, qui lui fournissait l'occasion de discourir plus long-temps avec lui. Ils s'entretinrent, pendant le repas, de l'histoire, de l'antiquité, de la poésie, de la jurisprudence, etc. Après avoir épuisé tous ces sujets, le mandarin ajouta qu'il avait un mot à lui dire, espérant qu'il ne le prendrait pas en mauvaise part.

« Monsieur, lui dit Tieh - chung - u, pourquoi tant de complaisance pour votre fils et votre disciple (1) ?

(1) Compliment ordinaire parmi les lettrés.

«—J'ai, reprit le mandarin, une fille unique, qui vient d'entrer dans sa dix-huitième année. J'ose dire, sans vouloir la flatter, que peu de femmes l'égalent en beauté et en savoir. Informez-vous vous-même de ses qualités; et, si vous la trouvez digne de vous, je vous l'offre pour femme. »

Tieh-chung-u, frappé de ce propos comme d'un coup de foudre, poussa un profond soupir et garda un morne silence.

« Peut-être, reprit Shuey-keu-yé, êtes-vous déjà engagé?

«—Non, » répondit-il, en secouant la tête.

« —Vous croyez peut-être que je ne vous dis point la vérité?

«—Monsieur, personne n'ignore le mé-

rite de mademoiselle votre fille : des talents comme les siens ne sauraient demeurer cachés. Vous ne m'avez dit que
la vérité, et tout autre que moi accepte-
rait votre offre avec la plus vive reconnaissance ; mais dans les circonstances
où je me trouve, j'aurais tort de l'accepter. »

Le mandarin, l'entendant s'exprimer
d'une manière si obscure, lui dit :

« Vous êtes sincère et généreux : faites-moi la grâce de vous expliquer.

« — Monsieur, vous saurez tout lorsque vous serez de retour chez vous. »

Le président s'imagina qu'il s'était
passé quelque événement dont il n'avait
point eu connaissance ; cette conjecture
lui parut d'autant plus probable, que,
pendant sa longue absence, il n'avait reçu

aucune nouvelle de chez lui. Il ne voulut pas adresser d'autres questions, et,
après s'être entretenu quelque temps
avec lui sur des matières indifférentes,
il prit congé et se retira.

Shuey-ken-yé conçut une si grande
amitié pour Tieh-chung-u, qu'il crut
ne pouvoir trouver un meilleur parti
pour sa fille, et qu'il résolut de conclure
ce mariage à quelque prix que ce fût.
Il avait cru entrevoir dans son discours
et dans ses manières, une inclination
pour elle ; mais il ne pouvait concevoir
ce qui l'arrêtait, à moins qu'elle n'eût
tenu une conduite répréhensible.

« Cela ne saurait être, dit-il : je connais sa vertu et sa fermeté. Mais peut-
être Kwo-khé-tzu, pour se venger de mon
refus, lui a fait quelque faux rapport

qui l'a détourné ; mais toutes ces difficultés s'évanouiront aisément, si mon
offre est agréée par son père.» Il résolut
donc d'aller le voir, pour lui parler de
ce mariage. Persuadé de la sagesse et de
la bonne conduite de sa fille , il pensait
que Tieh-chung-u était seul digne de
l'épouser.

CHAPITRE III.

Shuey-keu-yé ayant su , par des amis qu'il avait employés, que le vice-roi goûtait sa proposition , lui offrit un grand repas. En se retirant, ce mandarin retourna chez lui , et raconta à sa femme ce qui s'était passé. Sheh-foo-jin (madame Sheh) convint que son fils était d'âge à se marier , et que Shuey-ping-sin était une fille de mérite , qui lui convenait à tout égard : car madame Sheh

avait entendu parler de sa beauté et de
son esprit, ainsi que de la conduite
qu'elle avait tenue avec Kwo-khé-tzu.
Elle crut donc que son fils ne pouvait
trouver un meilleur parti, et qu'il serait heureux de la posséder.

« Cependant, dit-elle à son mari, si
vous lui demandez son consentement,
vous ne l'obtiendrez jamais ; il voudra
examiner tout à fond, et il suscitera des
difficultés infinies. Comme la réputation de Shuey-ping-sin est parfaitement
bien établie, et que son mérite et ses
talents sont connus, il faut d'abord
dresser le contrat ; nous lui en don-
nerons ensuite connaissance. »

Le mandarin Tieh fut du même avis.
En conséquence, il choisit un jour heureux pour envoyer un présent au père

de la demoiselle. Ils firent ensuite venir
leur fils, et, après l'avoir félicité, ils lui
communiquèrent l'engagement qu'ils
avaient pris, ce qui l'étonna beaucoup.

« Le mariage, leur dit-il, est une affaire d'une si grande importance, qu'on
ne doit rien précipiter. Vous vous en
rapportez aux bruits qui courent; mais
qui sait si l'on vous a dit vrai ? On peut
vous en avoir imposé sur le compte de
la demoiselle : peut-être alors auriez-
vous lieu de vous repentir toute votre
vie de la démarche que vous avez
faite. »

Son père lui demandant s'il craignait
que Shuey-ping-sin ne fût laide :

« Non, reprit-il : elle est plus belle
que l'eau la plus claire.

2.

«—Peut-être, est-elle privée d'esprit ou de bon sens ?

«—Au contraire, elle en a plus qu'aucune personne de son sexe; elle montre dans sa conduite un discernement exquis, et ses actions sont aussi réglées qu'on puisse l'imaginer.

«—Elle a donc commis quelque faute?

« — Non assurément : sa conduite est irréprochable. »

A cette réponse, le vice-roi et sa femme se mirent à rire , ne pouvant concevoir qu'il répugnât à épouser une fille aussi parfaite, et que tout le monde louait unanimement.

« Je l'épouserais volontiers , continua le jeune homme, même au risque de vous déplaire (ce qui serait un très grand malheur pour moi), car elle n'est jamais absente de mon esprit ; mais, hélas ! il y a une difficulté que je ne puis vaincre, et qui m'empêche de penser à ce mariage. »

Alors il leur raconta ce qui s'était passé entre lui et la demoiselle, et remarqua que, ces événements ayant contribué, quoique tard, au rétablissement de son père, on soupçonnerait entre eux une correspondance criminelle.

« Ainsi, ajouta-t-il, la perte de notre réputation serait la suite de notre mariage. Je ne veux point l'obtenir à ce prix. »

Son père le loua du soin qu'il prenait de sa réputation. « Mais il est aisé, dit-il, de justifier votre conduite. Vous êtes jeune, et j'ai plus d'expérience que vous. On peut même, au moyen de quelques précautions, vous mettre à couvert de la censure que vous craignez. »

Son père et sa mère lui représentèrent ensuite leur âge avancé, en lui montrant que, ce mariage devant faire leur bonheur, il manquerait d'égard pour eux s'il le différait.

« Vos scrupules sont mal fondés, lui dirent-ils. Retournez à vos études, et bannissez vos craintes : nous vous ferons appeler lorsqu'il en sera temps. Il est trop tard pour vous opposer à ce mariage, puisque le contrat est déjà dressé. »

Tieh-chung-u, voyant le chagrin de ses parents, ne voulut pas insister davantage, persuadé que, quand même il

donnerait son consentement, il ne serait pas aisé d'obtenir celui de la demoiselle. Il prit donc congé de ses
parents, et alla reprendre le cours de ses
études.

Shuey-keu-yé fut ravi d'avoir mé-
nagé avec tant de succès le mariage
de sa fille avec Tieh-chung-u. Comme
depuis long-temps il était absent, et
qu'il brûlait d'envie de revoir sa famille, il demanda permission à sa
majesté de se retirer, lui représentant
que son âge et ses infirmités ne lui per-
mettaient point de rester plus long-temps
à son service.

L'empereur, voulant le dédommager
du temps qu'il avait perdu dans son
exil, ne voulut point lui accorder sa demande ; mais, le voyant à la fin tout-à-

fait résolu à se retirer, il lui permit de s'absenter pendant un an, sous promesse de revenir à la cour. Il expédia en même temps un ordre qui enjoignait à tous les mandarins des provinces par où il passerait de lui fournir tout ce qui lui serait nécessaire. Les préparatifs de son voyage étant terminés, il partit de Péking, suivi d'un nombreux cortége ; tous les grands-mandarins l'accompagnèrent jusque hors des portes de la ville. Le mandarin Kwo-sho-su seul ne s'y trouva point, tant il était honteux de paraître en public.

Lorsqu'on apprit à Tséé-nan-foo ce qui s'était passé, tous les mandarins de la ville et des environs prirent des *chops* (des papiers rouges), sur lesquels ils écrivirent des compliments; tous les

officiers et les autres lettrés allèrent
féliciter sa fille. Cette cérémonie dura
trois jours. Le premier ils la compli-
mentèrent sur le rappel de son père,
le second sur sa promotion, et le troisième sur la permission qu'il avait ob-
tenue de se retirer de la cour.

Shuey - ping - sin d'abord n'ajouta
point foi à ces nouvelles : elle avait été
si souvent trompée par Kwo-khé-tzu,
qu'elle n'osait paraître ; mais lorsqu'elle
vit les mandarins de la ville, elle ne
douta plus qu'elles ne fussent vraies.
Cependant elle ne pouvait comprendre
comment son père avait eu le bonheur
d'être tout à la fois rappelé et avancé
dans les emplois. Shuey-guwin ne tarda
pas à se rendre auprès d'elle.

Sauriez-vous, lui dit-il, par quel

événement votre père revient chez lui comblé d'honneurs et de dignités ?

« — Je l'ignore, répondit-elle, et son retour m'étonne.

« — Apprenez qu'il le doit à Tieh-chung-u. »

Alors elle se mit à rire.

« Ce que vous me dites me paraît fabuleux, et je ne saurais vous croire.

« — Pourquoi cette défiance ? Est-ce parce que Tieh-chung-u est un simple étudiant, hors d'état d'amener un pareil événement. Voici le fait : Kwo-khé-tzu a pensé qu'il n'avait d'autre moyen de vous épouser, qu'en engageant son père à envoyer un message au vôtre, pour lui demander son consentement. Sur le refus de votre père, ce mandarin suscita une ancienne accusation contre lui et

ment, *une mémoire et une volonté*. Si vous ne le comprenez pas, un autre pro-verbe dit : *Chacun connaît ses besoins*. Mêlez - vous donc de vos affaires. Votre nièce sait se conduire, et qu'elle fasse bien ou mal, qu'elle soit heureuse ou malheureuse, cela ne vous regarde point. »

Ces paroles firent sur Shuey - guwin le même effet que le tranchant d'une épée sur une barre de fer. Il fut de très mauvaise humeur, et se levant de son siége :

« C'est l'amitié que j'ai pour vous qui me fait parler. La bouche d'un villageois est un excellent remède (1). Vous

(1) C'est-à-dire le conseil d'un simple villa-geois est d'autant plus salutaire, qu'il part de l'abondance du cœur, et par conséquent on ne

interpréterez ce que je vous dis comme il vous plaira. »

Il sortit en achevant ces mots, et alla trouver Kwo-khé-tzu pour l'engager à pousser cetteaffaire avec vigueur.

Le grand-visiteur arriva environ deux mois après. Kwo-khé-tzu alla le recevoir (1) à deux lieues de la ville, lui

doit point le rejeter, à cause de l'humilité de son état.

(1) Lorsqu'un grand mandarin vient prendre possession de son gouvernement, on le reçoit avec beaucoup de faste et de cérémonie. Est-il à la veille de quitter la cour, plusieurs officiers du tribunal vont l'accompagner, tandis que d'autres vont à sa rencontre ; dans les villes où il passe, il est escorté par un corps de cavaliers et de fantassins. Lorsqu'il est à une lieue de son gouvernement, on détache deux ou trois mille soldats pour aller le recevoir. Les mandarins viennent ensuite, suivis d'un concours prodigieux de peuple. (P. Semedo, p. 128 ; Duhalde, etc.)

fit un présent, et le régala avec beaucoup de magnificence. Le mandarin fut
extrêmement sensible à ses politesses,
et témoigna d'être fâché de ne pouvoir
y répondre. »

« J'arrive de la cour (1), lui dit-il,
et je n'ai rien qui mérite de vous être
offert; mais si je puis vous être utile à
quelque chose, je m'emploierai pour
vous avec plaisir. »

(1) Les mandarins qui postulent un gouvernement sont obligés d'offrir beaucoup de présents.
Il n'y a point de gouvernement de ville qui ne
coûte plusieurs milliers d'écus; il y en a qui
vont à vingt, trente mille écus, et ainsi à proportion des autres emplois. Le brevet de vice-roi
de province coûte quelquefois soixante-dix mille
écus. Cette somme est distribuée sous le nom de
présents aux ministres d'état, aux présidents des
six cours souveraines. Les grands mandarins, de

« — Monsieur, vous êtes si élevé au-
dessus de moi, que je n'oserais vous demander une grâce.

« — Ne me regardez point comme
un homme en place, mais comme votre
ami intime, et parlez - moi avec une
entière liberté.

« — Vous me faites beaucoup d'honneur : j'ai une affaire qui me tient à
cœur, et vous m'obligeriez infiniment
si vous vouliez vous y intéresser. »

leur côté, pour se rembourser et pour satisfaire
leur avarice, pillent ceux qui leur sont subor-
donnés ; et ceux-ci à leur tour, pour remplir
leurs bourses, pillent le malheureux peuple. En
un mot il n'y a point de vice-roi ni de visiteur
de province qui, au bout de trois ans, ne retourne
chez lui avec un million d'écus ; de sorte qu'on
peut dire de la Chine ce qu'on disait de Rome,
que tout y est vénal. (*Voyez* le P. Magal., page
133, etc.)

Le mandarin l'engagea à s'expliquer.

« Mon père, reprit-il, a un emploi qui l'occupe au point qu'il ne daigne pas songer aux affaires de sa famille; aussi ne suis-je point marié (1).

« — Avez-vous fait des offres de mariage à quelque demoiselle ?

« — Oui, Monsieur, mais la demoiselle m'a refusé, et je vous prie de vous intéresser pour moi. »

Le mandarin se mit à rire, et lui dit :

« Il y a quelque chose de singulier et d'étrange dans ce que vous me dites. Votre père est un ministre du pre-

---

(1) Il veut sans doute dire, comme il l'aurait souhaité, ou peut-être même ne se fait-il pas un scrupule de mentir.

mier rang. Vous êtes jeune , et un lettré ; qui peut refuser vos offres ? A quelle demoiselle vous êtes - vous adressé ?

« — A la fille de Shuey-keu-yeh , assistant du tribunal des armes.

« — Il y a long-temps que son père est exilé hors de la grande muraille. Qui a soin de sa maison? est-ce sa mère? C'est elle sans doute qui refuse son consentement.

« — Depuis long-temps sa mère est morte; celle que je demande est fille unique, et c'est elle qui me refuse.

« — Comment, étant si jeune, peut-elle ne pas accepter. Elle ignore peut-être l'offre que vous avez faite, et le présent que vous lui avez envoyé.

« — Monsieur, elle le sait fort bien;

mais elle a toujours pris plaisir à me jouer.

« — S'il en est ainsi, que ne vous adressiez-vous au *che-foo* et au *che-hein*.

« — Je l'ai fait, mais elle n'a eu aucun égard pour leurs ordres. J'ai donc recours à votre excellence pour conclure cette affaire; je vous en aurai une extrême obligation.

« — On ne peut rien faire de mieux que de s'entremettre d'un mariage; rien n'est plus simple que ce que vous me proposez, et j'agirai pour vous. Quel a été jusqu'ici l'entremetteur (1)? Peut-

(1) Quelque amis que soient les parents, les jeunes gens ne se marient jamais sans un entremetteur, qu'ils choisissent à leur gré. (*Voy.* le P. Semedo, page 71; *Lettr. édif.* x, p. 140.)

être la personne que vous avez employée ne s'est-elle pas expliquée assez clairement ?

« — C'est le *pao-che-hien* lui-même qui a porté le présent, et c'est l'oncle qui l'a reçu, parce que le père de la demoiselle était absent. Tout le monde le sait.

« — S'il en est ainsi, je donnerai demain un ordre qui vous autorisera à aller la chercher chez elle et à l'épouser.

« — Si j'y vais moi-même, je ne pourrai jamais l'engager à entrer dans la chaise ; elle trouvera quelque expédient pour s'évader. Permettez - moi donc de l'épouser chez elle.

« — Je le veux bien. »

Alors Kwo-khé-tzu se retira.

Deux jours après, le grand-visiteur,
pour s'acquitter de sa promesse, envoya
au *che-hien* le *chop* ou ordre suivant.

« Je, *ngan-yuen* (ou grand visi-
« teur), signifie à qui il appartiendra
« que, le mariage étant la première loi
« ou le premier contrat qui ait eu lieu
« dans le monde, on ne doit point né-
« gliger de le célébrer lorsque le temps
« en est venu. Comme donc Kwo-khé-
« tzu, fils de Kwo-sho-su, a fait des of-
« fres et des présents à la fille de Shuey-
« keu-yé par l'entremise de vous, *che-*
« *hien*, qui vous en êtes mêlé, je vous
« ordonne de le conclure. En conséquen-
« ce de ce, j'autorise ledit Kwo--khé-
« tzu, dont le père est absent, d'aller
« à la maison de sa fiancée, et de l'é-

« pouser vu que c'est une chose bonne
« et louable. Ne différez point l'exé-
« cution de cet ordre au-delà de l'es-
« pace d'un mois, sous peine de déso-
« béissance. »

Le *pao-che-hien*, ayant lu cet ordre, vit clairement que Kwo-khé-tzu
l'avait sollicité. Il comprit qu'en expo-
sant l'affaire au visiteur, il s'attire-
rait le ressentiment du jeune homme;
mais autrement il courait risque d'être
puni, si l'on venait à découvrir la vérité. Après avoir mûrement réfléchi, il
se détermina à envoyer au mandarin un
exposé de l'affaire conçu en ces termes :

« J'ai l'honneur de faire savoir à
« votre excellence, en réponse à

« l'ordre qu'elle m'a adressé, qu'il
« est vrai que je me suis entremis du
« mariage en question. Les personnes
« intéressées sont Kwo - khé - tzu et
« Shuey-guwin. La demoiselle l'a re-
« fusé, comme ne lui convenant point :
« voilà le motif qui empêche la conclu-
« sion de ce mariage. Vous m'avez don-
« né hier un ordre de le terminer, et
« c'est à moi d'y obéir. Mais je suis per-
« suadé que la demoiselle n'y consen-
« tira jamais. En conséquence, de peur
« qu'il n'arrive quelque malheur qui
« pourrait rejaillir sur votre excellence,
« j'ai pris la liberté de vous instruire de
« ce qui en est, espérant que vous ne
« le prendrez pas en mauvaise part. J'a-
« girai cependant comme vous le juge-
« rez à propos. »

Le grand-visiteur, ayant reçu cette lettre, fut extrêmement irrité contre le *che-hien*. « Quoi, dit-il, moi qui possède une si grande charge, qui dispose de tout, même de la vie et de la mort, je ne pourrai réussir dans une affaire aussi peu considérable que le mariage de la fille d'un banni ! Je me dégraderais si j'écoutais de pareilles raisons. » En conséquence, il envoya au *che-hien* un second ordre, conçu en ces termes :

« Puisque vous saviez que Shuy-ping-
« sin ne voulait point se marier, pour-
« quoi lui avez-vous proposé un mari ?
« Il paraît que vous ne cherchez qu'à
« me faire de la peine. Je vous or-
« donne, par ces présentes, de vous

« transporter encore une fois chez elle
« pour lui dire qu'il faut absolument
« qu'elle épouse Kwo-khé-tzu, sans
« plus différer. Si elle refuse de le faire,
« amenez-la-moi. »

Le *che-hien*, voyant que cet ordre
était positif, et qu'il n'y avait pas moyen
de l'éluder, alla d'abord trouver Kwo-
khé-tzu, pour lui dire qu'il fallait qu'il
se mariât dans un mois.

«De tout mon cœur répondit-il d'un
air extrêmement joyeux. »

Le *che-hien* se rendit ensuite chez Shuey-ping-sin, et ordonna à un domestique
de lui dire qu'il voulait parler à sa maîtresse, par ordre du grand-visiteur. La jeune
demoiselle, qui savait que tout était en
agitation, ordonna à deux domestiques

de tendre le rideau dans la grande salle, et s'y rendit aussitôt. Elle envoya
prier le *che-hien* de vouloir bien lui
expliquer le contenu de l'ordre.

« Il est question, lui dit-il, de votre
mariage avec Kwo-khé-tzu. La première fois que je vous en parlai, vous
témoignâtes tant d'aversion pour cette
alliance, qu'elle n'a pu jusqu'à présent
se conclure. Mais le grand-mandarin
qui vient d'arriver, et qui a été sous la
tutelle de son père, s'est enfin rendu à
ses sollicitations, et veut absolument que
ce mariage se fasse. J'ai reçu hier l'ordre de vous avertir tous deux, afin qu'il
soit conclu dans l'espace d'un mois. Je
sors de chez Kwo-khé-tzu, et je viens
vous le signifier, pour que vous vous
prépariez en conséquence.

« — Je suis fort éloignée de vouloir m'opposer à un mariage aussi honorable ; mais mon père est absent, et je n'ai point obtenu son consentement. Je ne suis point ma maîtresse, et je vous prie de faire part à son excellence de ma réponse.

« — Voici le second ordre que j'ai reçu. Je n'ai point obéi au premier, par des raisons que je lui ai alléguées. Il m'a fait une sévère réprimande, et il m'a envoyé un ordre très positif ; je n'oserai plus lui parler. Faites au reste ce qui vous plaira ; je ne prétends point forcer votre inclination, et je n'agis que pour m'acquitter de mon devoir. »

Shuey-ping-sin le pria de lui montrer cet ordre, qu'il disait être si absolu et si positif.

Le *che-hien* appela son secrétaire,
et lui ordonna de les remettre tous les
deux.

Après les avoir lus, elle dit au mandarin :

« La raison qui m'engage à refuser
Kwo-khé-tzu est l'absence de mon
père, qui ne peut me donner son consentement. Si je me mariais à son insu,
je craindrais de m'attirer sa colère. Pour
l'éviter, et me justifier à son retour,
faites-moi la grâce de prier le grand-visiteur de me remettre ces deux ordres,
afin qu'on sache que je n'agis que par
ordre de son excellence. »

Le *che-hien* consentit à les lui laisser, et lui promit de s'acquitter de sa
commission, ajoutant qu'il ne doutait
point que le mandarin ne lui permît

de les garder, ou ne lui fournît quelque autre moyen de se justifier.

« Comment se peut-il, dit le *che-hien* en s'en allant, que la demoiselle se détermine si promptement à épouser Kwo-khé-tzu? Est-ce cette autorité supérieure qui la force d'obéir, ou a-t-elle quelque autre dessein que je ne puis découvrir? Je croyais qu'elle voulait épouser l'étranger. »

Il alla aussitôt rendre compte au visiteur de ce qu'elle lui avait dit, et celui-ci parut très satisfait.

« Pourquoi m'avez - vous annoncé l'autre jour, lui dit-il, qu'elle était extrêmement fine et subtile, et qu'elle avait de l'aversion pour le mariage? Vous voyez maintenant qu'elle s'y détermine. Si elle veut garder les deux or-

3.

dres pour justifier sa conduite, qu'on
les lui laisse. »

Le *che-hien* retourna chez elle et
lui adressa ainsi la parole :

« Ne changez pas au moins de résolution : ce n'est plus avec Kwo-khé-tzu
que vous avez affaire, mais avec le grand-
visiteur lui-même. Préparez donc votre
maison, et lorsque le jeune homme aura choisi le jour, je viendrai vous en
donner avis.

«—Puisque son excellence l'ordonne,
je tiendrai ma parole, et je compte qu'il
tiendra la sienne.

« — Comment, s'il la tiendra; pouvez-vous soupçonner qu'un aussi grand
fonctionnaire y manque? Je vous ré-
ponds de lui. »

Il alla donc trouver Kwo-khé-tzu

afin de l'engager à choisir un jour heureux pour conclure son mariage. Celui-ci, s'imaginant que la demoiselle y consentait, fut transporté de joie, et s'empressa de faire les préparatifs nécessaires.

CHAPITRE III.

Le grand-visiteur, voyant que Shuey-
ping-sin s'était rendue à ses ordres, fut
ravi de son obéissance, et fit ouvrir les
portes pour donner audience. On lui
présenta le premier jour environ cinquante requêtes, auxquelles il promit
de répondre au bout de quelques jours.
Tout le monde se retira, à l'exception
d'une jeune femme qui resta à genou.

Les officiers de l'audience voulurent la
faire sortir; mais, loin de leur obéir,
elle se leva, et, s'approchant plus près
du tribunal, elle s'écria :

« Je suis la fille d'un homme qui a
été condamné; dans la crainte qu'on ne
m'accuse de fuir devant la justice, je
viens ici pour finir ma vie : ainsi, sans
me déshonorer, je ne désobéirai point
à votre excellence. »

En achevant ces mots, elle tira un
poignard, et voulut le plonger dans son
sein (1). Le mandarin, effrayé de cette
action, lui demanda qui elle était, et

(1) Les Chinois sont portés au suicide. Cette
maladie règne même parmi les femmes, dont la
pusillanimité passe toute croyance. Cependant,
ils sont attachés à la vie, et regardent comme
une impolitesse de prononcer le nom de mort :
aussi se servent-ils de plusieurs périphrases :

le motif qui l'amenait devant son tribunal.

« Si l'on a commis quelques torts
envers vous, je vous rendrai justice.

« — Je suis la fille du mandarin
Shuey-keu-ye, qui est banni. J'ai dix-
sept ans; ma mère est morte, et mon
père est absent : je suis donc restée
seule chez moi, me conformant en tout
aux lois de la vertu et de la modestie,
ainsi qu'il convient à une honnête fille.
Pendant que je vivais ainsi dans l'innocence, j'ai été poursuivie par un jeu-

« Quelque chose lui est arrivé, disent-ils ; il s'est
« retiré en haut ; il a laissé reposer son chariot,
« ou il a fini sa carrière. » Ils emploient ces mêmes expressions dans leurs édits et leurs mémoires. (*Lett. édif.* XXIII, page 98; Duhalde,
page 1, 502, 515, 525, etc.)

ne homme nommé Kwo-khé-tzu, qui a
tendu, pour me séduire, mille piéges,
que j'ai heureusement évités. Il m'a cependant laissé tranquille quelque temps;
mais ayant su qu'un mandarin, dont
son père a été tuteur, était arrivé dans
cette ville, il lui a présenté une requête;
ce mandarin a commencé ses fonctions
en faisant violence à mon inclination,
et en me commandant d'épouser Kwo-
khe-tzu malgré la justice; car je n'ai
point obtenu le consentement de mon
père, et on n'a employé aucun entremetteur. On m'a envoyé deux ordres à
cet effet. Etant jeune, seule et sans
amis, je n'ai pu m'y opposer. Je ne les
ai pas plus tôt lus que, saisie de crainte,
j'ai envoyé à Péking une requête, par un
domestique à qui j'ai ordonné de frapper

sur le grand tambour de l'empereur (1).
Il y a trois jours qu'il est parti, et com-

(1) Outre le tambour dont il est parlé ici,
quelques anciens empereurs faisaient pendre
une grosse cloche à la porte de leurs palais, et à
côté une table de bois blanc, afin que ceux qui
n'osaient lui parler écrivissent dessus leur requête, qu'on portait sur-le-champ à l'empereur.
Quiconque voulait leur parler n'avait qu'à frapper sur le tambour ou sur la cloche, et avait
audience sur-le-champ. On rapporte qu'un de
leurs premiers empereurs, entendant sonner la
cloche, se leva deux fois de table, et qu'un autre jour il sortit trois fois du bain pour donner
audience à un pauvre homme. (Duhalde, vol. 1,
page 146.)

Cette coutume est perdue; le tambour subsiste
encore, mais on ne s'en sert plus. Semedo dit
que, pendant vingt-deux ans de son séjour à la
Chine, il ne l'a entendu qu'une seule fois, et
celui qui présentait la requête reçut la baston-
nade, pour avoir détourné l'empereur, qui se
trouvait à une demi-lieue de son palais.

Semedo était arrivé à la Chine avant la con-

qu'il fait pour votre santé. Il a ajouté
que Tah-quay, ayant perdu sa femme,
avait dessein de se remarier ; et comme
il vient d'apprendre que vous avez amené mademoiselle votre fille, il veut engager le mandarin Kwo-sho-su à vous
parler en sa faveur.

« — Fort bien, répondit Shuey-keu-
yé. Et qu'avez-vous répondu au domestique de Tah-quay ?

« — Je lui ai dit qu'elle était promise
depuis long-temps au mandarin Tieh-
chung-u. Alors il m'a demandé si ce
mariage devait bientôt se conclure. Je
lui ai répondu que je n'en savais rien ;
mais j'ai cru devoir faire part à votre
excellence de l'entretien que j'ai eu avec
lui. »

Le mandarin lui ordonna, si quelqu'un le questionnait sur ce mariage, de répondre qu'il devait se faire dans deux jours.

« Ce mandarin, dit Shuey-keu-yé en lui-même, est un homme d'un très mauvais caractère, et qui n'a d'autre vue que de me nuire; mais, quand même il s'adresserait à l'empereur, je ne le crains point. Ma fille est déjà promise en mariage; cependant il est bon de le conclure pour prévenir les contre-temps qui pourraient survenir. »

En conséquence, il alla trouver sa fille, et lui dit :

« Vous ne devez pas trouver mauvais que je vous parle de nouveau de votre mariage avec Tieh-chung-u; il est même nécessaire qu'il se fasse promptement »

Il lui raconta ensuite la conversation du secrétaire.

«Si nous ne nous hâtons, ajouta-t-il, Tah-quay peut nous causer beaucoup d'embarras. »

Shuey-ping-sin comprit à l'instant que Kwo-khé-tzu ou son père se mêlaient de cette affaire, et fit part de ses conjectures à son père.

« Cependant, ajouta-t-elle, si Tah-quay a l'intention de nous faire de la peine, il nous sera aisé, en nous adressant à l'empereur, de lui attirer une disgrâce, et de lui faire subir le châtiment qu'il a mérité.

« — Le moyen le plus sûr, lui dit Shuey-keu-yé, est de ne point s'opposer à son ennemi, mais de l'éviter. Si

nous concluons ce mariage, ses desseins seront renversés. »

Sa fille allait lui répondre, lorsqu'un
domestique vint de la part du premier
vice-roi l'assurer de ses services, et le
prier d'aller le voir, parce qu'il avait
une affaire importante à lui communiquer.

«Voilà, dit Shuey-keu-yé, une bonne
occasion : j'avais dessein de me rendre
auprès de lui. »

Aussitôt il fit préparer son cheval, et
se dirigea vers l'habitation du premier
vice-roi.

Il n'eut pas plus tôt mis pied à terre,
que le mandarin Tieh-ying le prit par
la main, et le fit entrer dans la salle.

« Comme je revenais ce matin de la

cour, lui dit-il, j'ai rencontré l'eunuque Chou-thay-kien. Après m'avoir fait une profonde révérence, il m'a dit qu'il avait une grâce à me demander, et qu'il espérait une réponse favorable. L'ayant prié de s'expliquer, il a ajouté qu'il avait une nièce, et qu'il serait bien aise de la marier avec mon fils. J'ai répondu que cette alliance ne pouvait avoir lieu parce qu'il était déjà engagé. Je sais, a-t-il repris, qu'il est promis à Shuey-ping-sin; mais peu m'importe, puisque le mariage n'est point encore conclu. Ces eunuques, continua le mandarin Tieh, sont des faquins que leur emploi rend insolents; pour qu'il ne m'importune pas davantage, j'ai envoyé prier votre excellence de venir me voir, afin que nous puissions terminer cette affaire au plus tôt.

« — Quoi, dit Shuey - keu - yé, on
vous a parlé à ce sujet? On m'a fait aujourd'hui une autre proposition (et aussitôt il lui raconta l'entretien de son
secrétaire). Il faut donc au plus tôt finir
cette affaire. Le mariage une fois conclu,
l'empereur lui - même, tout puissant
qu'il est, ne saurait le rompre; ne le
remettons point à demain. Je sens que
ma fille aura de la peine à s'y résou-
dre : elle m'objecte qu'elle ne veut point
violer les lois ni les usages reçus.

« — Mon fils allègue la même excuse.

« — Je crois qu'ils s'aiment l'un l'autre : c'est pourquoi il faut négliger leurs
objections, et faire usage de notre autorité.

« — Vous avez raison ; mais, sans ces offres impertinentes, nous aurions pu leur accorder plus de temps. Maintenant, il n'y a pas une heure à perdre : je crois que, d'après leur amour, ils se rendront à nos désirs. » Et aussitôt ils se quittèrent.

Le mandarin Tieh-ying s'empressa de faire venir son fils, et lui exposa ce qui arrivait au président et à lui.

« Si vous n'épousez point cette demoiselle, lui dit-il, vous me mettrez dans l'embarras, et je ne vois pas d'autre moyen d'éviter ce contre-temps.

« — Monsieur, lui répondit son fils, je suis prêt à vous obéir en tout ; je suis seulement fâché que l'affaire soit précipitée. Quant à l'offre de l'eunuque, c'est sûrement Kwo-khé-tzu qui l'a engagé à vous la faire ; mais à quoi pense-t-il en me proposant sa nièce? c'est peine perdue pour lui.

« — Puisque vous vous sentez le courage de la refuser vous-même, je désirerais que vous aidassiez la demoiselle à se tirer de ce mauvais pas.

« — Engagez le mandarin son père à faire courir le bruit de notre mariage. Nous leur fermerons la bouche, nous nous mettrons à couvert de leurs importunités, et nous resterons en cet état en attendant une conjoncture plus favorable. »

Le mandarin Tieh goûta son avis, et ne le pressa pas davantage.

« Pourvu, lui dit-il, que vous persuadiez au public que vous êtes mariés, vous pourrez vivre en particulier comme il vous plaira. »

En conséquence il ordonna à des personnes intelligentes de choisir un jour
heureux pour célébrer leur noce.

CHAPITRE VI.

―――――――

Le lendemain matin, dès que le jour parut, le mandarin Shuey - keu - yé écrivit au vice-roi la lettre suivante :

«Je n'eus pas plus tôt quitté hier votre
« excellence, que j'allai trouver ma fille
« pour lui proposer de conclure son
« mariage; mais elle a d'abord refusé
« absolument. Cependant à la fin elle a
« consenti à ce qu'on fît courir le bruit

« de son mariage, pourvu qu'on lui
« permît de rester dans le même état.
« Je prie votre excellence de me mar-
« quer si vous croyez être ainsi satisfait.»

Cette lettre fit beaucoup de plaisir au
mandarin Tieh-ying; mais il trouva
extraordinaire que deux jeunes gens
eussent les mêmes pensées.

« Le Ciel, dit-il, les a certainement
destinés l'un pour l'autre : il y a une
ressemblance étonnante dans leur fortune, leurs mœurs et leurs sentiments.
Cependant, s'ils ne vivent point ensemble, on découvrira bientôt qu'ils
ne sont point mariés. Je veux donc envoyer mon fils chez Shuey-keu-yé, et
alors cette démarche suffira, on ne
doutera plus du mariage. »

En conséquence il envoya demander l'avis de son confrère, qui se rangea au sien. Quelques jours après ils se firent des visites, et, ayant choisi un jour heureux, ils célébrèrent le mariage avec une magnificence sans égale.

Tieh-chung-u se rendit chez son épouse accompagné de son père et des autres mandarins. Lorsqu'il fut arrivé à la porte de l'hôtel, le président alla le recevoir en personne, et après les cérémonies ordinaires on servit un repas splendide. L'épouse se retira cependant, et on la conduisit dans son appartement.

Lorsque la nuit fut venue, on éclaira les appartements. L'époux étant entré dans la seconde salle, Shuey-ping-sin s'y rendit aussi, accompagnée d'un grand nombre de suivantes ; et , prenant un air libre , elle le reçut comme un ami. On n'aperçut aucune émotion ni sur son visage ni dans ses gestes. Elle l'aborda avec décence.

« Je n'ai point oublié, lui dit-elle, les services que vous m'avez rendus. Quand même je sacrifierais ma vie pour vous, je ne croirais point les avoir assez payés. C'est par ordre de mon père que je me trouve aujourd'hui avec vous. Je suis ravie que cette entrevue me fournisse l'occasion de vous renouveler mes remerciments. »

Elle lui fit ensuite une profonde révérence, et lui présenta un siége.

Tieh-chung-u, voyant la manière aisée dont elle l'abordait, et considérant sa beauté , qui était encore relevée par

l'éclat de sa parure, la trouva infiniment
plus belle qu'elle ne lui avait paru la
première fois. Il fut si ravi de sa personne qu'il la prit pour un ange des-
cendu du ciel. Après être un peu revenu
de sa première surprise :

« Madame, lui dit-il, vous m'avez
rendu de si grands services, que je
manque de termes pour les exprimer. Le
souvenir en est si profondément gravé
dans mon cœur, qu'il m'occupe nuit
et jour. Je suis ravi que Monsieur votre
père m'ait fourni l'occasion de vous
assurer de ma très vive reconnaissance.»

En achevant ces mots il la salua respectueusement. On étendit alors un
riche tapis. Tous deux se prosternèrent
ainsi qu'il est d'usage dans ces sortes d'oc-
casions. Après cette cérémonie ils s'as-

sirent et burent plusieurs tasses de thé. S'étant mis ensuite à deux tables séparées, ils burent trois tasses à la santé l'un de l'autre.

Tieh-chung-u lui adressa la parole :

«Madame, vos bontés, et surtout vos bons conseils, ne sortiront jamais de ma mémoire. C'est à vous que je dois les honneurs dont je suis revêtu. Si je n'avais pas eu le bonheur de vous rencontrer, je serais encore errant dans le monde.

•—Ce n'est point à moi, reprit Shuey-ping-sin, que vous êtes redevable de votre avancement : ce que j'ai fait pour vous n'est qu'une bagatelle, et le moindre enfant est en état de montrer le chemin à ceux qui s'égarent. Vous devez votre réputation à la générosité avec laquelle

vous avez pris le parti de la jeune dame
qu'on avait enlevée, et la défense du
général Hû - hiau : ce sont deux actions dont vous seul êtes capable. De
plus vous avez fait rentrer mon père
dans les bonnes grâces de l'empereur:
je suis hors d'état de reconnaître ce service. Que je suis heureuse de pouvoir
vous offrir mes remercîments ! Mais
permettez-moi de vous dire encore un
mot ou deux.

« Lorsque je vous invitai à venir
chez moi pendant votre maladie, j'at-
teste le ciel que je n'avais aucune mauvaise intention ; mais la malignité des
hommes est si grande, qu'on a fait
courir de faux bruits sur notre compte.
Ternirons-nous aujourd'hui le reste de
notre vie pour quelques jours de plaisir

et de divertissements ? Il vaut mieux , selon moi , demeurer comme nous sommes, et attendre, pour conclure notre mariage , que ce nuage soit dissipé. Ce sont là mes sentiments , et je serai ravie de savoir si les vôtres s'accordent avec les miens. »

Tieh-chung-u fit une profonde révérence , et lui dit qu'il accueillait son avis avec la même ardeur que la terre reçoit la pluie dans un temps de sécheresse.

« Il est vrai, ajouta-t-il, que le consentement de nos parents nous donne le droit de consommer notre mariage ; mais comme nous pourrions ainsi exciter la malignité publique , je crois comme vous qu'il vaut mieux le différer pour quelque temps.

4:

« —L'impatience de nos parents ne vient que de l'impertinence de Tah-quay et de l'eunuque : j'apprécie votre manière de penser, et je conçois plus d'estime pour vous.

« —Les personnes dont vous parlez ne nous connaissent point et ignorent entièrement nos affaires : c'est Kwo-khé-tzu qui les fait agir ; mais la démarche que nous venons de faire leur imposera silence et les forcera de nous laisser en repos.

« —Ils peuvent exercer leur vengeance contre nous, en faisant courir de faux bruits sur notre conduite : c'est pourquoi je pense qu'il est à propos de temporiser.

« — Quant à moi, lorsque je suis venu chez vous, je croyais que le ciel (1), la terre, vous et moi étions les seuls témoins.

(1) Les Chinois ont coutume de parler du ciel et de la terre comme d'êtres intelligents ou de divinités. Par exemple, il est dit dans leurs livres que le Ciel entend et voit toutes choses (Duhalde, vol. 1, page 407, n.), et dans leurs édits impériaux la protection de *Tien-ti* (du Ciel et de la Terre) vient d'en-haut. (*Ibid.*, p. 528.) Mais les jésuites prétendaient qu'ils ne désignaient que la divinité, ou le maître souverain du ciel et de la terre.

Les Chinois ont deux temples superbes à Péking, dont l'un est appelé *Tien-Tang,* ou le *Temple du Ciel*; et l'autre *Ti-Tang,* ou le *Temple de la Terre*. L'empereur s'y rend toutes les années en grande pompe, et sacrifie de ses propres mains au Ciel et à la Terre, après s'être dépouillé de ses habits, et avoir revêtu un habillement de damas noir ou bleu. Cet office est si essentiel à sa dignité, que se l'arroger, c'est vouloir aspirer au trône.

Le sacrifice que l'empereur fait à la Terre est

« —Eh bien, si le Ciel a résolu ce mariage, il sera conclu. Les ordres de nos parents nous justifieront aux yeux de tout le monde; mais comme nous avons une raison particulière pour dif-

accompagné d'une cérémonie. A un certain jour du printemps, il paraît en habit de laboureur, et conduit deux bœufs dont les cornes sont do·rées, attelés à une charrue de bois vernissé. Il trace plusieurs sillons, et les ensemence de ses propres mains ; les principaux seigneurs achèvent ensuite le labour dans l'espace de terrain destiné à cet usage. Pendant ce temps, l'impératrice et les dames de la cour préparent un repas, auquel ils assistent ensemble.

On observe cette cérémonie depuis un temps immémorial, pour encourager l'agriculture, qui est regardée en Chine comme une profession hono·rable, et on accorde, toutes les années, des prix à ceux qui se distinguent dans cette partie. (*Voy*. Duhalde, vol. 1, page 275, 660; P. Magal., chap. 21; Martin, *Hist.*, page 11, etc.)

férer, feignons d'être mari et femme ;
le public ajoutera foi à cette vraisem-
blance, jusqu'à ce que la difficulté qui
s'oppose à notre mariage réel soit levée. »

Le jeune mandarin fut charmé de sa
prudence, et lui dit: « Vos raisonnements
m'instruisent, et m'affermissent en même temps dans le respect que j'ai pour
la grande loi de la nature. » Ils s'entretinrent ainsi sur leur état présent,
et sur les égards qu'ils devaient à l'honneur et à la vertu. Ils racontèrent encore
les différents accidents qui leur étaient
arrivés par l'effet des complots de Kwo-
khé-tzu et de son père. Tous deux étaient
contents et joyeux, et, après être restés
à table autant de temps qu'il était nécessaire, ils se levèrent et se retirèrent
chacun dans une chambre séparée, de

manière que leur mariage ne fut qu'apparent.

On verra dans le chapitre suivant quelles furent les suites de cette démarche.

CHAPITRE VII.

Quoique Tieh-chung-u vécût avec Shuey-ping-sin, ainsi qu'on vient de l'exposer, il ne pouvait s'empêcher de l'aimer tendrement, tant à cause de son esprit et de son bon sens, qu'à cause de sa beauté et de ses charmes. Il se plaisait si fort à sa conversation qu'il ne la quittait pas un moment, ce qui causait un plaisir extrême à leurs parents.

Tandis qu'ils jouissent paisiblement de leur amour, retournons à Tah-quay et à l'eunuque Chou.

Ces deux personnes, que Kwo-sho-su avait engagées à faire les propositions, ayant appris la conclusion du mariage avec Tieh-chung-u, jugèrent à propos de renoncer à leur dessein, et firent savoir leur résolution à Kwo-sho-su. Cette nouvelle le chagrina beaucoup.

Fâché de ce contre-temps, il envoya quelques uns de ses domestiques chez la demoiselle et chez le vice roi, pour épier ce qui se passait chez eux. Il apprit d'abord que le jeune mandarin n'avait point mené Shuy-ping-sin chez lui, mais s'était rendu chez le père de sa femme. On lui dit ensuite que, malgré le mariage, ils vivaient néanmoins dans des

appartemens séparés ; Tieh -chung - u
était si amoureux de sa femme , qu'il
avait passé deux ou trois jours sans
sortir.

Ces différents récits inquiétèrent Kwo-
sho-su ; leur conduite lui parut si singu-
lière et si mystérieuse, qu'il crut y entrevoir quelque chose d'extraordinaire.
Il conclut enfin de leur séparation que
leur mariage était feint, et qu'ils n'a-
vaient agi ainsi que pour éviter les propositions de Tah-quay et de l'eunuque
Chou.

« Puisqu'ils n'ont point encore cohabité ensemble, dit - il, il est aisé de
rompre leur mariage. Je vais parler à
Tah - quay, et l'engager à renouveler
sa demande. Mais peut-être ses amis
refuseront - ils de l'écouter ; et, comme

la demoiselle sort rarement de son appartement, il lui sera difficile de l'enlever. Avant de faire aucune démarche, il vaut mieux mettre Chou-thay-kien en jeu. Je vais trouver cet eunuque et l'engager à attirer Tieh chez lui. Lorsqu'il y sera, il pourra le forcer à épouser sa nièce. »

L'esprit rempli de son projet, il alla chez Chou-thay-kien lui faire part de ce qu'il avait appris, et des mesures qu'il convenait de prendre. L'eunuque goûta sa proposition, et lui promit de l'avertir aussitôt que le jeune homme serait chez lui, le priant de s'y rendre sur-le-champ. Kwo-sho-su fut ravi de le voir applaudir si promptement à son projet, et l'assura que rien ne serait capable de l'arrêter, lorsqu'il le ferait appeler. Il prit congé de l'eunuque et retourna chez lui, attendant avec impatience le moment favorable.

Tieh-chung-u, à l'occasion de son prétendu mariage, avait obtenu de l'empereur la permission de s'absenter dix jours de la cour. Ce temps expiré, il fallut y retourner. Shuey-ping-sin, dont la pénétration était admirable, le voyant sur le point de partir, lui parla en ces termes :

« Kwo-sho-su, dans le dessein de nous séparer, a formé le dessein de nous marier, vous à la nièce de l'eunuque Chou, et moi à Tah-quay. Il n'a pu jusqu'ici réussir dans son projet ; mais je ne crois pas qu'il y ait renoncé, et sans doute il imaginera quelque moyen de nous causer de l'embarras. A l'égard de Tah-

quay, comme il n'est point dans l'en-
ceinte du palais, s'il commet quelque
faute, on peut le faire citer à un tribunal supérieur, et, par conséquent, je
ne le crains point ; mais cet eunuque,
étant domestique de l'empereur, et comp-
tant sur sa protection, suivra son inclination. Si vous allez à la cour, je vous
recommande surtout de vous méfier de
lui.

« — Vous avez raison, répondit Tieh-
chung-u, et j'aperçois dans ce que vous
dites une nouvelle preuve de votre jugement et de votre discernement. Mais
cet eunuque est un homme de basse naissance : que peut-il faire, et qu'ai-je à
craindre de lui ?

« — Il est vrai que ces sortes de gens
sont extrêmement méprisables ; mais,

dans l'état où sont maintenant les choses, vous ne sauriez trop vous tenir sur
vos gardes. »

Le jeune mandarin promit de suivre
ses avis, prit congé d'elle, et se rendit
au palais.

Comme il s'en retournait chez lui,
il rencontra l'eunuque, qui le salua avec
beaucoup de familiarité. Tich-chung-u
voulait continuer son chemin; mais
Chou arrêta son cheval par la bride, et
lui dit :

« J'allais envoyer un messager chez
vous : je désire vous entretenir.

« — Quelle affaire pouvez-vous avoir
avec moi? lui dit Tich-chung-u. Nous
n'avons rien à démêler ensemble. Mon
district est hors du palais, et le vôtre
est dedans.

« — Si cette affaire me regardait per-
sonnellement, je n'aurais pas pris la liberté de vous arrêter ; mais je désire
vous parler de la part de l'empereur sur
un sujet qui ne souffre aucun délai :
faites - moi donc la grâce de venir chez
moi.

« — Je ne m'y rendrai que lorsque je
saurai le but de votre entretien.

« — Croyez-vous que je veuille vous
tromper et abuser ainsi de l'autorité de
mon maître ? Sa Majesté, sachant que
vous composez très bien la poésie, vou-
drait que vous écrivissiez quelques vers
au bas de deux tableaux dont elle fait
grand cas. »

Tich - chung - u lui demanda où ils
étaient.

« Chez moi, » répondit l'eunuque.

Tieh-chung-u se ressouvint à l'instant du conseil de Shuey-ping-sin ; mais il lui fut impossible d'éviter le piége, à cause de l'ordre de l'empereur : en conséquence il se rendit chez Chou-thay-kien.

Il ne fut pas plus tôt entré dans sa maison que l'eunuque fit apporter du thé et dresser le couvert pour lui offrir une collation.

« Il n'est point question de boire, lui dit Tieh-chung-u : je viens voir les tableaux, et je n'entreprendrai rien que les vers ne soient faits.

« — Monsieur, vous connaissez l'ignorance des eunuques ; cependant j'ai tant de plaisir de voir un homme aussi savant et aussi spirituel, que vous ne me refuserez pas, du moins, je l'espère, la faveur de boire une tasse avec moi, ni d'accepter un repas offert comme une marque de mon respect pour vous. Je suis persuadé que, si je vous avais fait inviter, vous ne seriez point venu; mais puisque les affaires de l'empereur vous ont amené, obligez-moi de ne pas nous quitter sitôt. Ne me regardez point avec le même mépris que mes autres confrè-res, puisque j'ai l'honneur de vous re-cevoir chez moi, et permettez-moi de m'asseoir avec vous.

« —Ne parlez point ainsi, je vous prie: ne sommes-nous pas tous deux les serviteurs de l'empereur? Commençons par obéir à ses ordres, ensuite nous con-verserons ensemble.

« —Peut-être vous retirerez-vous après avoir composé. Ecrivez d'abord vos vers

sur un tableau , et avant de les composer pour l'autre , vous me ferez la grâce
de boire une tasse avec moi. »

Tieh-chung-u consentit à sa prière.

Chou-thay-kien , l'ayant fait entrer
dans la salle, ordonna à un domestique d'apporter le tableau , et de le poser sur la table. Il représentait un jas-
min double. Tieh-chung-u le trouva
fort beau, et, ayant tiré son pinceau ,
écrivit quelques vers.

A peine eut-il fini qu'on vint annoncer le mandarin Kwo-sho-su. L'eunuque ordonna de l'introduire , et lui dit
qu'il arrivait à propos pour voir le grand
docteur Tieh-chung-u , qui était venu
par ordre de l'empereur composer des
vers sur quelques tableaux.

« Il vient d'écrire, ajouta-t-il, les vers

que vous pouvez lire , en moins de temps qu'on ne met à boire une tasse de thé. »

Kwo-sho-su répondit que ceux qui possédaient leur art étaient ordinairement très prompts.

« Je vous prie, monseigneur, lui dit l'eunuque Chou, de lire l'inscription, et de m'en dire le sens, afin que je puisse converser avec l'empereur lorsque je lui porterai le tableau. »

Le mandarin les lut, et Tieh-chung-u le pria de pardonner les fautes qu'il pouvait y avoir trouvées. Kwo-sho-su, ayant achevé de les lire, s'écria :

« De ma vie je n'ai rien lu de si spirituel ni de si sensé. »

L'eunuque fut ravi de l'entendre, et ordonna qu'on servît. Tieh-chung-u le pria de le laisser terminer sa composition; mais Chou ne voulut pas le lui permettre.

« Vous écrivez, lui dit-il, avec beaucoup de facilité; buvez quelques tasses, vous finirez ensuite vos vers à loisir. »

CHAPITRE VIII.

―――

Lorsqu'on eut servi, Kwo-sho-su se mit à la première table, et l'eunuque, avec Tieh-chung-u, à la seconde. Après avoir conversé ensemble sur plusieurs sujets indifférents, Chou-thay-kien adressa la parole à Tieh-chung-u :

« L'empereur, connaissant les qualités qui vous distinguent, a envoyé ces deux tableaux chez moi, afin que vous

composiez quelques vers sur ce sujet ;
mais c'est à ma sollicitation, car vous
ne seriez pas venu chez moi, quoique
j'aie quelque chose d'important à vous
communiquer. Il est même heureux que
ce mandarin se trouve ici, pour être
témoin de ce que je vais vous dire.

« — Quoi! reprit Kwo-sho-su, vous
avez à dire à Tieh-chung-u quelque affaire qui me regarde?

« — Un tambour, dit l'eunuque, ne
fait aucun bruit, si on ne frappe dessus, et la même chose arrive à l'égard
d'une cloche : excusez-moi donc si j'entre aussitôt en matière. J'ai une nièce
qui, sans être belle, n'est pas absolument
désagréable ; elle est d'un excellent caractère, gaie et facétieuse. Elle a environ dix-huit ans, et je n'ai encore

trouvé jusqu'ici aucun parti qui lui convienne. Or j'ai jeté les yeux sur vous, et j'ai obtenu le consentement de votre père. J'ai prié l'empereur de permettre la conclusion de ce mariage, et il m'a donné ces deux tableaux pour ratifier le contrat. »

Tich - chung - u, quoique surpris et fâché de cette trahison, fut assez maître de lui-même pour dissimuler. Il parut même très satifait de cette déclaration, et dit à l'eunuque:

« Je vous suis infiniment obligé de ce que vous avez jeté les yeux sur moi. Votre proposition est si agréable, que je n'aurais osé la refuser, s'il m'avait été possible de l'accepter; mais je suis déjà marié avec Shuey-ping-sin, fille du président des armes, et je ne peux pas prendre votre nièce pour seconde femme. »

Chou-thay-kien se mit à rire, et lui dit :

« Ne croyez pas m'en imposer : j'ai examiné cette affaire, et je sais la vérité. Vous vous êtes servi d'une feinte pour ne point épouser ma nièce, et pour empêcher Tah - quay d'épouser Shuey - ping - sin. La ruse est si grossière que je suis surpris que vous ayez osé l'employer.

« — Votre excellence m'étonne, répondit Tich-chung-u. Dans toute autre affaire la chose serait possible ; mais comment en imposerais-je sur un mariage ?

« — Si vous êtes véritablement marié, reprit l'eunuque, pourquoi, au lieu d'aller demeurer chez votre beau-père, n'avez-vous pas amené votre fem-

me chez vous? Pourquoi ne cohabitez-
vous pas avec elle, et faîtes - vous lit à
part?

« — Je n'ai point amené ma femme
chez moi, parce que son père n'a point
d'autre enfant, et si je demeure chez
lui, c'est pour le servir et le consoler
dans sa vieillesse. A l'égard de nos appartements séparés, c'est une chose qui
nous regarde, et qui n'importe à personne : il suffit que notre mariage ait
été célébré dans les formes ordinaires.
D'ailleurs, comment votre excellence,
étant toujours auprès de l'empereur,
peut-elle savoir ce qui se passe dans
les maisons des particuliers? Pourquoi
ajoute-t-elle foi à ce qu'on lui rapporte?

« — Je me mets peu en peine de ce

qu'on dit : il suffit que j'aie parlé à
l'empereur de votre mariage avec ma
nièce, et qu'il l'ait approuvé; c'est en
vain que vous chercheriez à l'éviter. »

« — L'éviter! reprit Tieh-chung-u.
On n'a jamais ouï dire qu'un homme
raisonnable ait quitté sa femme pour en
épouser une autre. J'ai épousé Shuey-
ping-sin avec toutes les formalités que
la loi prescrit, et je n'aurai point d'autre femme. Si vous m'eussiez proposé
auparavant votre nièce, je ne l'aurais
pas refusée.

« — Avant de parler ainsi, il fallait
prouver que vous êtes véritablement marié. Pour que le mariage soit consacré,
il faut que la femme ait été conduite
dans la maison de son mari; les rites
l'exigent ainsi.

b;

« — J'avoue à Votre Exc. que cette cérémonie a lieu ordinairement, la sûreté des deux parties le requiert; mais on peut s'en dispenser entre gens d'honneur, surtout lorsque les parents le veulent.

« — Vous parlez de l'obéissance qu'on doit à ses parents : vous dispense-t-elle d'obéir aux ordres de l'empereur ? Croyez - vous que leurs ordres doivent l'emporter sur les siens?

« — Loin de moi cette pensée, » répondit Tieh - chung - u, qui s'impatientait de l'entendre parler d'une manière aussi peu raisonnable. « Mais je dis seulement que le mariage est une affaire très importante, dans laquelle on doit agir avec ordre et régularité, à moins de vouloir violer les lois et les rites de l'empire. Ce n'est point une affaire particulière entre vous et moi, mais une affaire publique, et, s'il plaisait à Sa Majesté de consulter les docteurs de l'empire, elle verrait que mes raisons sont justes.

« — Pourquoi se donner tant de peine, et consulter les docteurs, lorsque nous avons ici Kwo-sho-su, qui peut décider seul la question ?

« — Vous avez raison : voulez-vous vous en rapporter à sa décision ?

« — Monsieur, dit l'eunuque, en s'adressant à Kwo-sho-su, vous venez d'être témoin de notre discussion : voudriez-vous bien nous communiquer votre avis ?

« — Si vous seul, répondit le minis-

tre, m'eussiez interrogé, si Tieh-chung-u
ne se fût point adressé à moi, je ne me
serais point mêlé de votre dispute; mais
puisqu'il me prie de lui dire mon sentiment, je vous répondrai conformément à ce que la conscience me dicte,
sans aucune partialité. A l'égard des
rites du mariage, il y a tant de raisons
à alléguer pour et contre, et la question est si embrouillée, que tous les
docteurs de l'empire ne sauraient la décider; mais, quant à l'autorité de l'empereur, je suis persuadé qu'elle s'étend
sur les rites du mariage, et qu'il peut
les régler comme bon lui semble. Vous
trouverez, en lisant l'histoire, qu'il a
le pouvoir de changer les lois de l'empire, et même d'abolir tous les manda-

rins, quoique eux-mêmes les maintien-
nent et les fassent exécuter. »

A ce discours, l'eunuque Chou ne
put dissimuler sa joie, et lui dit en
riant :

« Votre Excellence a raison, et
le mandarin Tieh n'a rien à répli-
quer. »

Il se fit ensuite apporter un verre de
vin, et le présenta respectueusement à
Kwo-sho-su, le priant de vouloir bien
être le médiateur du mariage de sa
nièce.

« Comme vous avez obtenu la permission de Sa Majesté, répliqua celui-ci, en
s'adressant à Chou-thay-kien, vous n'ê-
tes plus le maître de vous en mêler.
J'agirai comme entremetteur, pour ne
point désobéir à l'empereur. »

En achevant ces mots, il but le vin qu'on lui avait présenté.

« L'empereur, dit-il ensuite à Tieh-chung-u, ayant autorisé ce mariage, vous ne pouvez vous y refuser, malgré l'engagement que vous avez pris avec Shuey-ping-sin : je vous conseille donc de ne plus différer, et d'obéir paisiblement. Alors tout ira bien. »

Tieh-chung-u avait beaucoup de peine à se contenir; mais plusieurs raisons l'obligèrent à modérer le ressentiment que ce discours avait excité dans son cœur. La première fut l'autorité de l'empereur, dont ils faisaient leur point d'appui; ensuite cet eunuque, ayant l'oreille de Sa Majesté, pouvait donner à cette affaire la tournure qui lui plairait. Il craignait encore qu'il ne

l'empêchât de sortir, et, comme il ne
voulait point se brouiller ouvertement
avec Kwo-sho-su, il lui répondit avec
douceur :

« Je n'ai rien à objecter aux raisons
de Votre Excellence, et, puisque l'empereur le veut ainsi, je suis prêt à obéir
à ses ordres; mais au moins faut-il que
j'en donne avis à mon père et à ma
mère, afin qu'ils puissent choisir un
jour heureux, et fixer le présent que je
dois offrir à ma femme.

« — Vous ne cherchez qu'à gagner
du temps, lui dit l'eunuque; mais votre ruse est inutile : il faut ou obéir, ou
mépriser les ordres de l'empereur. Ce
jour-ci est un jour heureux; tout ce
qui regarde les invitatations est fait,
la musique est ici, le repas est prêt, et

nous avons heureusement ici le mandarin Kwo-sho-su, qui remplira l'office d'entremetteur. Votre chambre est préparée :
célébrons donc ce mariage. C'est le devoir le plus important dont j'aie à m'acquitter. Si votre père et votre mère vous
refusaient leur consentement, l'ordre
de l'empereur vous servira d'excuse.
Quant au présent, je vous en laisse
entièrement le maître ; nous n'aurons
aucune discussion à ce sujet.

«—En vérité, monsieur, dit Kwo-
sho-su à Tieh, monseigneur Chou-thay-
kien ne saurait vous témoigner plus
d'affection, et vous ne pouvez refuser
son offre sans passer pour le plus in-
grat de tous les hommes.

«—Pour reconnaître un bienfait, reprit Tieh-chung-u, il faut savoir quelle

est sa nature. Je suis venu pour faire quelques vers sur deux tableaux de sa majesté ; j'ai fini ceux du premier ; je ne puis rien entreprendre que je n'aie achevé les autres : je prie donc Votre Excellence de me faire apporter le second tableau ; ensuite nous parlerons d'autre chose.

« —Vous avez raison, dit l'eunuque ; mais comme le tableau est fort grand, et qu'il serait difficile de l'apporter ici, il vaut mieux passer dans l'appartement où il est placé. »

Tieh - chung - u soupçonna qu'on lui tendait quelque piége ; il obéit cependant.

« Fort bien, dit l'eunuque. Buvons encore une tasse, nous passerons ensuite dans l'appartement : car je sens, comme

vous le dites fort bien, qu'il faut terminer une chose avant d'en entreprendre une autre. »

Le jeune Tieh dit en lui-même :
« Lorsque j'aurai fini les vers de l'autre
tableau, peut-être trouverai-je moyen
de sortir d'ici. » En conséquence il se
leva de table en disant « Allons donc
finir les vers : je ne saurais boire davantage. »

Kwo-sho-su témoigna l'envie de les
accompagner ; mais, sur un signal que
fit l'eunuque, il resta et dit : « Ma présence est inutile pendant la composition
de ces vers : je vous attendrai ici, et
lorsque vous aurez fini, je conclurai le
mariage. »

Tieh suivit l'eunuque, et tomba dans
le piége qu'on lui avait tendu : aussitôt

qu'il entra dans l'appartement, Chou se retira, et deux servantes l'enfermè-rent.

CHAPITRE IX.

Tieh-chung-u fut surpris de la magnificence de l'appartement où il se
trouvait renfermé : l'or et l'argent y
brillaient de toutes parts. Il passa dans
une autre chambre, et aperçut une
femme richement habillée, et ornée de
bijoux d'un prix infini. En la voyant
ainsi parée comme une princesse, il
composa sur-le-champ dans son imagi-

nation des vers dont le sens peut s'expliquer ainsi :

« J'ai vu sa figure : rien n'est plus
« superbe que les habits dont elle est
« parée; mais elle a la bouche aussi large
« que la mer, et la tête aussi grosse
« qu'une montagne. Les démons puis-
« sent-ils la voir et la faire rougir. »

Cette dame, qui n'était autre que la
nièce de l'eunuque, voyant entrer le
jeune mandarin , se leva de son siége et
fit signe à ses suivantes de le saluer ; ce
qu'elles firent, en le priant de s'appro-
cher et de converser avec leur maîtresse.
Loin de se rendre à leur prière, il tourna
le dos pour se retirer ; mais, trouvant les
portes fermées et ne sachant comment

sortir, il revint sur ses pas, s'approcha de la dame, lui fit une profonde révérence, et s'éloigna sans que la demoiselle lui dît une seule parole. Une vieille suivante, s'apercevant de ce manége, s'approcha de Tich-chung-u, et lui dit :

« Votre Excellence est venue ici pour épouser ma maîtresse ; l'homme et la femme étant mariés ne font qu'un même corps et une même chair. Cette maison est maintenant à vous : ne soyez donc point honteux ; asseyez-vous à côté de votre femme.

« — Je suis venu ici, répondit Tich-chung-u, pour composer des vers sur deux tableaux de l'empereur : comment donc pouvez-vous dire que le désir de me marier m'y a amené ?

« — Les tableaux dont vous parlez ,
dit la suivante, ne sont point ici. Si
Votre Excellence est venue seulement
pour ce motif, pourquoi n'est-elle point
restée dehors ? L'obéissance que vous
devez à l'empereur n'exige point que
vous entriez ici. C'est l'appartement des
femmes, et vous ne pouvez y être venu
que pour épouser ma maîtresse.

« — C'est l'oncle de votre maîtresse
qui m'y a attiré ; il m'a trompé. C'est
manquer d'égards envers un homme de
mon rang, et offenser Sa Majesté , qui
m'a élevé au rang des premiers docteurs
de l'empire.

« — Puisque vous y êtes venu , soyez
de bonne humeur , et ne parlez point
de ce qui se passe dehors.

« — Vous vous entendez toutes pour

me tromper, reprit-il tout transporté de
colère. Votre maître m'a dit que les
tableaux étaient ici, et Kwo-sho-su en
est témoin. Vous vous trompez si vous
espérez venir à bout de moi. Je m'appelle *Tieh*, c'est-à-dire *fer*; mon corps
et mon cœur sont de fer, durs et in-
flexibles, et vous ne sauriez m'émou-
voir. Je suis plus ferme et plus résolu
que ces deux anciens héros Lieu-hiau-
whey et Quan-in-chang (1), si célèbres
dans l'histoire par leur fermeté et leur
courage. Mais quel est le but de ces
complots. Votre maîtresse est non seu-

(1) Un auteur chinois s'exprime ainsi :
« Vous avez ouï parler du célèbre Lieu-hiau-
« whey..... Ni la pauvreté affreuse dont il était
« menacé, ni le premier rang dans l'empire,
« qu'on lui offrait, ne furent capables de

lement laide , mais hideuse ; malgré sa
parure , je ne puis la regarder sans
horreur. »

A ces mots , la demoiselle , qui avait
d'abord été éprise de la beauté et de
la bonne mine de Tieh , ne put se contenir, et lui parla en ces termes :

« Comment osez-vous traiter ainsi la
nièce d'un grand-officier de l'empereur ,
d'un officier qui jouit continuellement
de sa présence ? Cet honneur le met de
pair avec tous les mandarins, et je mé-

« le porter au vice, ni de le détourner de la
« vertu. »

Le second, savoir, Quan-in-chang, fut un général si renommé par sa bravoure et ses exploits,
qu'il est encore révéré en Chine, et même adoré
comme un dieu ; ses images sont placées dans
les temples des idoles. (*Voyez* Denys Kao, page
125 , etc.)

rite autant d'égard qu'une *siauw - tsieh*
(une de leurs filles). Sa Majesté veut
que notre mariage se fasse, et cette volonté me paraît raisonnable. Pourquoi
donc vous plaignez-vous d'être trompé ?
Comment osez-vous me mépriser à ce
point ? Vous déshonorez ma famille.
Mais puisque vos n'avez ni honte ni pu-
deur, je veux vous apprendre si je suis
aussi méprisable que vous le dites.

« Allons , dit-elle à ses suivantes ,
qu'on amène ce jeune homme.

« — Notre maîtresse , dirent-elles à
Tieh-chung-u , nous a ordonné de vous
amener devant elle, afin que vous lui
rendiez le respect dû à sa naissance :
si vous ne le faites, nous vous y force-
rons. »

Tieh, malgré son chagrin, ne put

s'empêcher de rire de ces paroles ; cependant il ne se dérangea pas de sa place, et ne leur répondit point une seule syllabe.

Les suivantes, irritées de son mépris, se jetèrent sur lui et s'efforcèrent de l'amener devant leur maîtresse, ce qui ne se fit point sans beaucoup de bruit. Quelque indigné que fût Tieh-chung-u de la situation où il se trouvait, il sentit combien il était ridicule de vouloir lutter contre des femmes : il prit donc patience, et s'anima par le souvenir de l'ancien proverbe : *Qui honorerait les petits démons des bois* (1) ? Il s'assit

(1) Le bas peuple est persuadé que chaque canton de l'univers est dominé par de bons ou de mauvais esprits, qui ont leurs districts respectifs. L'application du proverbe est maintenant

sur un siége, et pendant que les suivantes se débattaient autour de lui, il
demeura tranquille, répétant en lui-
même les vers suivants :

*Les substances dures deviennent
molles, celles qui sont molles deviennent dures, et prennent avec le temps
une consistance solide. L'eau est molle,
et cependant rien ne peut lui résister.*

Dans ce moment l'eunuque Chou entra dans l'appartement par une porte
dérobée.

« Quel vacarme ! dit-il aux suivantes.

aisée à faire. Rien ne peut mieux marquer la fai-
blesse de ces femmes que de les comparer à ces
petits ennemis, qui, présidant dans des lieux
déserts, n'ont aucune occasion de nuire, quelque enclins qu'ils soient à mal faire.

Retirez-vous. Comment osez-vous vous
comporter ainsi devant des lettrés ? »
S'adressant ensuite à Tieh-chung-u :
« C'est en vain que vous résistez ; vous
feriez beaucoup mieux d'obéir et de mettre fin à ces troubles.

« — Je ne refuse point ce mariage ;
mais il faut obéir aux lois.

« — Qui vous en empêche ?

« — Votre Excellence a sans doute
oublié qu'une loi défend aux mandarins
du palais de se mêler des affaires de ceux
du dehors (1). Puisque nous nous trou-
vons dans ce cas, différons ce mariage
pour quelque temps.

(1) C'est un règlement que les empereurs ont
souvent jugé à propos de remettre en vigueur,
pour rabaisser le pouvoir excessif des eunuques,
et empêcher les relations qu'ils pourraient avoir

« — Cette loi n'a plus lieu : pourquoi l'observerait-on ? Nous en avons une autre aujourd'hui : c'est d'obéir aux ordres de l'empereur, et de faire ce qu'il commande. Nous suivons celle-là ; l'autre est surannée.

« — Si vous voulez que j'exécute ces ordres, montrez-moi votre déclaration, afin que j'aille remercier l'empereur de

avec les autres grands-officiers. (*Voyez* le P. Duhalde, vol. 1, page 226, etc.)

Les mandarins du palais sont les eunuques, qui sont les seuls domestiques attachés à l'empereur. Ils sont si nombreux, que le P. Semedo dit que de son temps on en comptait douze mille. Lorsqu'un empereur est faible, les eunuques prennent sur lui ordinairement un ascendant qui leur inspire une insolence insupportable. Depuis que les Tartares se sont rendus maîtres de la Chine, on a diminué leur nombre et leur autorité. (P. Semedo, p. 114.)

ce qu'il daigne se souvenir de moi (1) :
car comment oserais-je me marier sans
l'avoir auparavant remercié de ses
bontés ? »

Pendant leurs discussions, deux petits eunuques demandèrent à parler à
Chou-thay-kien, et lui dirent que Hu-
hiau, commandant des frontières de la
Tartarie, venait d'arriver avec beaucoup
de prisonniers, et était suivi de plusieurs ambassadeurs chargés de tributs
considérables (2). Ils ajoutèrent que

(1) Les mandarins sont obligés d'aller remercier l'empereur, et de lui rendre hommage toutes les fois qu'il daigne penser à eux. Cet hommage consiste à se prosterner trois fois devant
lui, ou devant son trône lorsqu'il est absent.
(*Voy*. Duhalde.)

(2) Les idées d'ambassade et de tribut sont in-
séparables à la Chine.

Les Chinois s'imaginent que l'envoi d'une aml'empereur leur avait fait préparer un festin, et que Sa Majesté voulait que le mandarin Tieh-chung-u, protecteur de ce général, y assistât. « Le festin est prêt; nous nous sommes rendus à la maison de ce seigneur, et nous ne l'y avons point trouvé. On nous a dit qu'il était venu chez vous ce matin, et nous venons le chercher. Le messager d'état l'attend dans l'avant-cour, et ses domestiques lui ont amené un cheval. Priez-le de venir incessamment. »

L'eunuque Chou, voulant s'assurer de la vérité de ce message, vint lui-même

bassade est un acte de soumission : aussi n'en envoient-ils aucune. Ils se sont cependant éloignés une fois de cette règle, sous le règne de l'impératrice Anne de Russie. (*Voy*. Bayer, tome 1, dédicace.)

à la porte, accompagné de Kwo-sho-su,
et ayant reconnu qu'on ne les trompait
point, ils se regardèrent l'un l'autre
sans dire mot et tout confus, surtout
lorsqu'ils virent le mandarin chargé du
festin. L'eunuque, voyant tout délai
impossible, fit incontinent ouvrir les
p   es et permit à Tich-chung-u de se
retirer.

Ce dernier ne savait que penser de
cette prompte délivrance, lorsque le
mandarin et le messager de l'empereur
lui apprirent l'invitation de Sa Majesté,
et l'engagèrent à se rendre sur-le-champ
à la cour. Alors Chou-thay-kien lui dit
d'un air chagrin : « Quoique l'empereur
vous ordonne de vous trouver au festin,
il vous a aussi commandé de composer
des vers; vous avez encore un tableau à

6.

finir : que lui dirai-je demain, lorsqu'il me demandera pourquoi vous n'avez pas terminé ? Vous ne pouvez vous en aller sans avoir mis fin à votre ouvrage. »

Il parlait ainsi dans le dessein de l'empêcher de se trouver au festin ; mais Tieh-chung-u lui répondit : « Je vous ai demandé plusieurs fois l'autre tableau, et vous me l'avez refusé. Il est ici, mais vous m'avez fait accroire qu'il était dans l'appartement des femmes, pour m'y attirer ; cependant je veux bien le finir : faites-le apporter. » Il acheva ses vers, prit congé de lui, et se retira.

Chou-thay-kien l'accompagna jusqu'à la porte, et alla ensuite rejoindre son ami Kwo-sho-su. « Voilà, lui dit-il, un jeune homme très habile : qui aurait cru qu'il se fût tiré de ce piége ? Ce mes-

sage de l'empereur vient de rompre nos
me s ures.» Tous deux étaient au désespoir de ce contre-temps, lorsque Kwo-
sho-su, après quelques moments de silence, lui dit :

« Imaginons quelque autre expédient.
Son mariage avec Shuey-ping-sin n'est
point encore conclu ; tout le monde sait
qu'ils ont des appartements séparés : je
veux absolument le rompre. Ne croyez
pas la chose impossible. Je vais réveiller
les soupçons sur leur compte, à l'occasion du séjour qu'il a fait chez elle pendant sa maladie. Je ferai voir la fausseté
de ce prétexte, je les accuserai d'avoir
eu des motifs illicites, et je les déférerai
au censeur de l'empire, afin qu'il aver-
tisse l'empereur. Je dirai que, après
avoir entretenu un commerce crimi-

nel, ils portent le scandale au point de
se dire mariés. Je ferai voir combien
une pareille conduite, surtout de la
part des personnes de leur rang, tend à
faire mépriser les lois. Votre Excellence
m'aidera à appuyer cette accusation.
Sa Majesté ordonnera au tribunal des
rites d'en prendre connaissance. Je
m'adresserai alors au *che-hien* de la
ville où l'affaire s'est passée, et je l'en-
gagerai à chercher parmi ses papiers des
preuves qui appuient cette accusation.
Le moins qui puisse leur arriver, c'est
d'être séparés pour toujours l'un de
l'autre.

« — Si cela arrive, lui dit l'eunuque
il me sera facile de parler à l'empereur au sujet du mariage de ma
nièce. »

Cette résolution prise, ils convinrent tous deux de la tenir secrète, pour assurer le succès.

CHAPITRE X.

Aussitôt que Tieh-chung-u eut obtenu sa liberté, il avertit son père de la manière dont il vivait avec Shuey-ping-sin.

« Quoique vous vivicz tous deux séparés, lui dit le mandarin Tieh-ying, je suis persuadé que votre mariage est valide, et que rien ne peut le dissoudre. Mais pourquoi ne menez-vous pas votre femme chez vous, pour convaincre le public de votre union, et pour éviter le scandale? L'eunuque Chou vous hait à cause de sa nièce. Consultez votre femme sur les moyens qu'il convient d'employer dans cette conjoncture critique. »

Alors il alla raconter à sa femme ce que son père lui avait dit.

« Monsieur, répondit-elle, avec sa douceur ordinaire, je suis prête à vous seconder, et je ferai tout ce qu'il vous plaira pour éviter ces clameurs. Toutes ces tracasseries ne viennent que de Kwo-shó-su et de son fils : achevons donc au plutôt les cérémonies qui restent, pour convaincre le public que notre mariage a été célébré conformément aux lois. »

Tieh-chung-u fut ravi de voir sa femme se prêter aux conseils de son père.

« Vous êtes une femme, lui dit-il, qui écoutez toujours la voix de la raison. Je ne manquerai pas d'instruire mon père et ma mère de vos intentions; j'en ferai même part à mon ami Hû-hiau. Je m'adresserai ensuite au tribunal de *kin-tien-kien* (1), afin qu'on choisisse un jour fortuné pour célébrer nos noces, et j'inviterai tous les mandarins à la fête. En effet nous ne nous sommes point

(1) Le *kin-tien-kien* est composé d'un président, de deux assesseurs et de mandarins subalternes, qui s'appliquent à l'astronomie et à l'astrologie, composent le calendrier impérial, et distinguent les jours, les heures, etc., en heureux et en malheureux.

Leur principal emploi est de prédire les éclipses, dont ils dressent des tables qu'ils présentent à l'empereur. Celui-ci les envoie au tribunal des rites, qui les répand dans toutes les provinces, afin qu'on observe les cérémonies usitées dans cette occa-

présenté du vin l'un à l'autre, ainsi que la coutume l'exige (1).

Kwos-ho-su fut extrêmement fâché d'apprendre que ces jeunes gens se disposaient à célébrer de nouveau leur mariage. Afin de l'empêcher, il s'adressa à

sion, qui consistent à battre les timbales pendant la durée des éclipses ; les mandarins se prosternent ; le peuple jette des cris épouvantables pour effrayer le dragon, qui, à ce qu'il croit, est sur le point de dévorer le soleil ou la lune.

Ce tribunal députe aussi toutes les nuits cinq astronomes pour aller faire leurs observations à l'observatoire royal, et rapporter le matin les phénomènes qu'ils ont observés. (*Voy*. Magal., page 231 ; *Hist. modern. univers.*, VIII, page 186 ; Duhalde, Le Compte, etc.)

(1) Pendant la première nuit des noces, lorsque les époux sont entourés de leurs amis, le mari présente une tasse de vin à sa femme, qui, après avoir bu, lui en présente une autre à son tour.

un des mandarins chargés d'accuser
ceux qui commettent des crimes énor-
mes, et fit tant par ses prières, qu'il
l'engagea à accuser Tieh-chung-u
et la demoiselle au tribunal de l'empereur.

Voici comment l'accusation était
conçue :

« Je, Vang-yo, accusateur et moni-
« teur de l'empire, présente à Votre Ma-
« jesté, avec tout le respect et la vé-
« nération que je lui dois, ce papier
« d'accusation au sujet d'un mariage
« scandaleux et contraire à la loi, afin
« que Votre Majesté puisse s'en instruire
« elle-même, et découvrir la vérité. Le
« mariage tenant le premier rang entre
« les cinq choses qui appartiennent à la

« nature humaine (1), on doit y appor-
« ter beaucoup de soin et d'attention,
« et le célébrer avec toutes les cérémo-
« nies que les empereurs ont prescrites
« depuis un temps immémorial. Or il
« est inouï qu'une jeune fille sans père
« ni mère habite sous le même toit avec
« un jeune homme également éloigné
« de ses parents, sans l'entremise d'au-
« cun médiateur et à l'insu de tout le
« monde. Cela arrive pourtant, et les
« parents des coupables sont les man-
« darins Shuey-keu-yé et Tieh-ying,
« tous deux grands-officiers du conseil

(1) Par ces *cinq choses* les Chinois entendent
les différentes relations de la vie sociale : ces
cinq devoirs sont ceux des pères et des enfants,
du prince et des sujets, du mari et de la femme,
des cadets et des aînés, et des amis.

»

« de Votre Majesté. Depuis que le fait
« est devenu notoire à tout le monde, ils
« trament un mariage entre les parties
« coupables, qui ont l'audace de le célé-
« brer avec le plus grand appareil. Ce-
« pendant, tandis que la procession nup-
« tiale marche dans les rues, tout le
« peuple murmure d'une chose inouïe
« entre des lettrés. Tous ces faits étant
« venus à ma connaissance, j'ai cru
« devoir en avertir Votre Majesté, afin
« que les coupables soient punis et que
« leur châtiment serve d'exemple à la
« postérité. »

Le mandarin Vang - yo ayant présenté cet écrit, l'empereur le renvoya
à un conseiller nommé Ko-chung, qui
fit le rapport suivant:

« Lorsqu'il s'agit de la réputation
« d'une jeune fille, on ne doit rien avan-
« cer qu'on ne soit en état de prouver.
« Or, dans le cas dont il s'agit, il n'y a
« aucun témoin, pas même un simple
« ouï-dire. Que l'on fasse donc inces-
« samment les recherches nécessaires
« pour appuyer cette accusation. »

L'eunuque Chou sollicitait tous les
jours ces perquisitions avec la dernière rigueur; cependant, long-temps
après seulement, on envoya cette accusation au tribunal des rites pour l'examiner. L'eunuque Chou, impatient de
ce délai, s'adressa au grand-eunuque,
qui a inspection sur tous les eunuques
du palais (1). Celui-ci fit tant, que l'em-

(1) Les eunuques du palais ont plusieurs tribu-

pereur voulut enfin examiner lui-même
l'affaire. Après l'avoir lue , il dit :

« Comme Tieh-chung-u est un jeune
homme, le prétexte qu'il a pris pour
aller chez la demoiselle me paraît très
suspect. »

Pendant que le tribunal des rites dé-
libérait sur la réponse à faire à l'empereur, le mandarin Tieh-ying, ayant su ce
qui se passait, fut si alarmé, qu'il alla
sur-le-champ raconter à Tieh-chung-u et
Shuey-ping-sin ce qu'il avait appris.

« Le mandarin Vang-yo, leur dit-il,
par inimitié pour vous , vient de présenter une requête à l'empereur. C'est à
vous d'examiner ce que vous devez allé-

naux particuliers dont ils relèvent, et auxquels
seuls ils sont responsables de leur conduite. (P.
Semedo , page 114.)

guer pour votre défense : il faut présenter une autre requête.

« —Depuis long-temps nous nous y
attendions, lui dirent-ils. Voyons auparavant quelle sera la réponse de l'empereur, et nous présenterons ensuite
notre requête. »

L'empereur avait renvoyé la requête
au tribunal des rites, qui la fit remettre
au vice-roi de la province de Shan-
tong, afin qu'il s'occupa des recherches
nécessaires. Le mandarin Kwo-sho-su
n'en eut pas plus tôt avis, qu'il écrivit à
son fils de mettre le *che hien* de la ville
dans ses intérêts, et qu'il lui adressa
même pour ce magistrat une lettre
écrite de sa propre main.

Kwo - khé - tzu, ravi de l'expédient
qu'on lui offrait, joignit cent pièces

d'or (1) à la lettre de son père, en la
faisant remettre au *che-hien*. Le mandarin qui exerçait dans ce temps cet
emploi se nommait Wey-phey. C'était
le même à qui Tieh-chung-u avait fait
rendre sa maîtresse. Il venait d'entrer
en charge lorsque Kwo-khé-tzu lui présenta les cent pièces d'or avec la lettre

(1) C'est le nom que les nations donnent à l'or
non monnoyé dont les Chinois se servent dans
le commerce. Ces pièces sont de deux grandeurs;
les plus grandes valent plus de cent livres sterling, et les petites la moitié de ce prix, ou à
proportion de leur poids, car l'argent ni l'or
monnoyés n'ont point cours à la Chine ; toús les
paiements se font au poids. Aussi tous les marchands chinois portent toujours avec eux une
petite balance et une paire de cisailles pour couper l'or selon la somme dont ils ont besoin, ce
qu'ils font avec beaucoup de justesse.

Les Chinois sont si rusés, que, si l'argent

de son père. En la lisant il fut surpris
de ce qu'on voulait non seulement nuire
à son bienfaiteur, mais le choisir lui-
même comme l'instrument de son malheur. Feignant cependant d'entrer dans
les vues de Kwo-sho-su :

« J'accepte, lui dit-il, votre présent,
et lorsque je recevrai la requête, je ne
négligerai rien pour vous obliger. »

monnoyé avait cours chez eux, ils l'altéreraient
sans cesse. Aussi, lorsqu'ils portent de l'or chez
l'étranger, les marchands ont la précaution de
le couper en deux, n'osant point se fier à de
gens qui ont souvent l'adresse d'y mettre un tiers
de cuivre ou d'argent.

La seule monnaie courante à la Chine consiste
dans de petites pièces de cuivre percées au mi-
lieu, pour pouvoir les enfiler plus commodément.
Elles ne valent que six deniers. (*Voy.* Tavernier, part. 2, page 8; Duhalde, vol. 1, page
330.)

Kwo-khé-tzu le remercia de sa bonne volonté et se retira.

Le gouverneur Wey-phey, ayant assemblé les officiers de son tribunal (1), leur ordonna d'examiner l'affaire de Tieh-chung-u, et de s'informer du motif qui avait engagé Shuey-ping-sin à le recevoir chez elle. Tous lui dirent unanimement qu'elle l'avait reçu par reconnaissance du service qu'il lui avait rendu en la tirant des mains de Kwo-khé-tzu, et que le fait était connu de tout le monde. Wey-phey leur demanda ensuite si depuis ce temps leur conduite avait

(1) Les officiers de chaque tribunal sont entretenus aux dépens du public et logés dans les cours attenantes; leurs emplois sont à vie, de manière que les affaires vont toujours leur train, quoique les mandarins soient déplacés, ce qui arrive souvent. (Duhalde, vol. 1, p. 284; *Lett. édif.*, etc.)

été blâmable. Ils répondirent que le
pao-che-hien son prédécesseur, ayant
eu quelque doute sur leur vertu, les
avait fait épier par un homme qui s'é-
tait caché chez eux pendant quelque
temps, et qu'il avait rendu un si bon
témoignage, que le *pao-che-hien* avait
regardé le jeune étranger comme un
saint, et avait conçu la plus haute
estime pour lui. Aussitôt le gouverneur
Wey-phey manda l'espion, ainsi que le
supérieur de la pagode où Tieh-chung-u
avait logé. Il les questionna sépare-
ment, et tous deux lui dirent que sa
conduite était irréprochable. Ravi de
cette découverte, Wey-phey n'attendit
plus que l'arrivée des dépèches du tribunal des rites et du vice-roi pour faire
son rapport. Elles parvinrent au bout

de cinq jours, et sur-le-champ il répondit au vice-roi. Ce mandarin convint
qu'il n'y avait rien que de louable dans
cette affaire, et fit son rapport à la cour.
Le tribunal des rites loua la conduite
de Tieh-chung-u, le regarda comme un
saint, et reconnut la mauvaise foi de
Kwo-sho-su; mais comme il était obligé
d'observer les formalités ordinaires, il
informa ce mandarin de la réponse qu'on
lui avait faite, et l'invita à la venir lire
lui-même.

Kwo-sho-su frémit de rage en la lisant, et adressa mille reproches au gouverneur Wey-phey.

« Il n'y a que très peu de temps, dit-il,
qu'il est docteur; il vient d'entrer en
charge : comment a-t-il pu instruire
si rapidement cette affaire? Il faut être

bien imprudent et bien hardi pour oser absoudre ce criminel, sous des prétextes aussi légers. Je ne veux point que sa conduite reste impunie. »

Il pria en conséquence les grands-mandarins de faire citer Wey-phey, afin d'exposer ses raisons. Vang-yo de son côté présenta aussi une requête à l'empereur, qui la reçut et qui manda Wey-phey pour qu'il vînt justifier sa conduite.

Wey-phey, en recevant cet ordre du vice-roi, fut averti en secret de travailler à sa défense, avec d'autant plus d'activité qu'il avait des ennemis redoutables. Il alla remercier le vice-roi de son conseil, et l'assura qu'il n'avait rien à se reprocher.

Attendant avec calme le résultat de cette affaire, il emmena l'espion que

son prédécesseur avait employé. Le supérieur des bonzes apporta la lettre de
Kwo-sho-su et les cent pièces d'or, et
partit pour la cour.

Wey-phey n'osa pas d'abord se présenter à l'empereur; mais il demanda
audience au *hing-pu* (tribunal des crimes), qui lui demanda comment il avait
osé, vu le peu de temps qu'il était en
charge, décider si positivement de la
conduite de Tich-chung-u et de la demoiselle. On alla même jusqu'à lui demander si on ne l'avait pas gagné.

« Depuis que Sa Majesté, répondit
Wey-phey, m'a honoré de la charge de
che-hien, je me fais un devoir de m'instruire à fond des affaires déférées à
mon tribunal. Il est vrai que je ne
connaissais pas assez celle-ci pour la

décider moi - même : aussi je me suis
adressé aux officiers de mon tribunal
pour en prendre connaissance. Ils m'ont
adressé à une personne que le *pao-che-*
hien mon prédécesseur avait chargée
d'épier leur conduite, et c'est d'elle que
je tiens ce que j'ai avancé. Vos Excellences me demandent si Tieh-chung-u
ne m'a point fait de présent. Je n'ai rien
reçu de ce mandarin; mais j'ai reçu de
Kwo-sho-su une lettre qu'il m'a écrite
de sa propre main, et cent pièces d'or
que son fils m'a remises en main propre.
Voilà l'espion dont je vous ai parlé;
voilà la lettre et les pièces d'or. »

Les mandarins ne surent que lui répondre, et ne trouvant aucun sujet de
le blâmer, ils le renvoyèrent avec l'ordre d'attendre la réponse de l'empereur,

et de se présenter toutes les fois qu'on le manderait. Wey-phey fit sa révérence et se retira.

On verra la suite de cette histoire dans le chapitre suivant.

CHAPITRE XI.

———————

Les mandarins qui composaient le tribunal des crimes, voyant qu'ils ne pouvaient favoriser Kwo-sho-su sans courir le risque de se perdre, prièrent le tribunal des rites de présenter un mémoire à l'empereur, afin de l'instruire des démarches qu'ils avaient faites. L'empereur, après l'avoir lu lui-même, dit: « Voilà un fait extraordinaire. Si ce rapport est vrai, je puis me vanter d'avoir dans mon empire un homme d'un rare mérite. »

L'eunuque Chou, qui était présent, lui répondit : « Ce rapport vient d'un gouverneur qui n'a su cette affaire que par le bruit public ; j'ai peine à y ajouter foi : car si leur conduite est irréprochable, pourquoi le père de Tieh-chung-u n'a-t-il pas consulté Votre Majesté ? Ces jeunes gens ont vécu ensemble et se marient aujourd'hui. »

Après quelques moments de réflexion, l'empereur ajouta : « Je crois que vous avez raison. Qu'on ordonne à chaque partie de me présenter un mémoire, afin que je puisse examiner moi-même cette affaire. »

Lorsque les jeunes gens reçurent cet ordre, ils furent enchantés. Au contraire

Kwo - sho - su , qui s'était flatté de les perdre, fut saisi d'une frayeur extrême, et vit qu'il s'était perdu lui-même. Il crut pouvoir se tirer de ce mauvais pas en faisant connaître à l'empereur les démarches de son fils pour épouser Shuey-ping-sin, et les raisons qui l'obligeaient à ne plus penser à ce mariage; il s'imaginait ainsi que sa cause deviendrait meilleure, et en conséquence il présenta à l'empereur la requête suivante.

« Moi, serviteur de Votre Majesté, je « prends la liberté de lui présenter cette « requête sur l'affaire dont il lui a plu « de prendre connaissance. J'avais eu « dessein de marier mon fils avec la fille « de Shuéy-keu-yé, et je m'étais adressé « à son père; mais ayant appris depuis

« plusieurs faits qui ternissaient sa ré-
«putation, je changeai de sentiment.
« Comment donc peut-on s'imaginer que
« mon fils ait voulu la ravir de force?
« C'est ce que je prie Votre Majesté de
« vouloir bien considérer. »

Tieh-chung-u, ayant vu la requête
de son adversaire, présenta aussitôt à
l'empereur la sienne :

« C'est pour obéir aux ordres de Vo-
« tre Majesté que je la supplie de croire
« que je lui dirai la vérité sans aucun
« déguisement. Si je ne lui ai point
« parlé jusqu'ici de cette affaire, c'est
« parce que je l'ai cru indigne de son
« attention, vu qu'il ne s'agissait que
« d'un mariage entre des particuliers.

« Je voyageais dans les provinces, avec
« la permission de mon père, lorsqu'en
« entrant dans la ville de Tsée-nan, j'a-
« perçus beaucoup de tumulte dans les
« rues. J'en demandai la cause, et l'on
« me dit que le fils de Kwo-sho-su en-
« levait la fille de Shuey-keu-yé, dans
« le dessein de l'épouser malgré elle.
« Indigné d'un pareil outrage, je re-
« présentai au *ché-hien* que le mariage
« ne pouvait avoir lieu sans le consen-
« tement des deux parties, indépen-
« damment des autres formalités que les
« rites prescrivent. Il eut égard à mes
« remontrances, et fit ramener la de-
« moiselle chez elle. Je ne connaissais
« point les parties, et je n'avais d'autre
« vue que de les arranger. Le fils de
« Kwo-sho-su, outré de ce que je m'é-

« tais opposé à ses desseins, conçut con-
« tre moi la haine la plus violente. J'é-
« tais logé dans une pagode : il engagea
« le bonze à mêler du poison dans ma
« nourriture, ce qui me mit à deux doigts
« de la mort. Shuey-ping-sin ayant ap-
« pris que j'étais dangereusement ma-
« lade, me fit transporter chez elle,
« voulant reconnaître ainsi le petit ser-
« vice que je lui avais rendu. Pendant
« tout le temps que j'ai demeuré chez
« elle, je me suis conduit de manière à
« ne causer aucun scandale.

« A l'égard du mariage que je viens
« de contracter avec elle, je n'y ai sou-
« scrit qu'afin d'obéir à mon père et à
« ma mère. C'est la conséquence du ser-
« vice rendu au général Hû-hiau, qui,
« au moyen des victoires qu'il a rem-

« portées, a fait rappeler le père de
« la demoiselle de l'exil auquel il avait
« été condamné à l'instigation de Kwo-
« sho·su. Ce général, voulant recon-
« naître le service que je lui avais
« rendu, m'a servi de médiateur, et a
« engagé Shuey-ken-yé à me donner sa
« fille, sans que j'en eusse connaissance.
« Quoique notre mariage ait été célébré
« deux fois, il n'a point encore été con-
« sommé, tant nous avons été jaloux de
« notre réputation et de notre honneur.
« Nous avons vécu jusqu'ici ensemble
« dans une aussi grande innocence que
« des enfants. C'est tout ce que j'ai à
« représenter à Votre Majesté dans ma
« requête, pour me conformer à sa vo-
« lonté. »

Voici quelle était la requête de la demoiselle.

« Shuey-ping-sin, pour obéir aux
« ordres de Votre Majesté, lui présente
« ce mémoire, que la vérité seule a dicté.

« Ma mère étant morte et mon père
« banni, je restai seule au logis, et j'y
« vivais avec la plus grande circonspec-
« tion, et ma porte toujours fermée (1),
« sans songer à me marier, lorsque
« Kwo-sho-su entreprit de troubler
« le repos dont je jouissais. Son fils,
« qui est de la même ville que moi,
« me méprisa assez pour vouloir m'é-
« pouser par force, et m'enleva sous

_____

(1) C'est-à-dire dans la retraite.

« prétexte d'un ordre de Votre Majesté.

« Comme il m'emmenait, Tieh-chung-u

« me rencontra, et prit ma défense au-

« près du *che-hien*, qui me fit recon-

« duire chez moi. Kwo-khé-tzu, outré

« de voir son projet échouer ainsi,

« conçut une haine mortelle pour mon

« libérateur, et chercha tous les moyens

« possibles de lui nuire, au point d'enga-

« ger le *bonze* du couvent où il était logé

« à lui donner du poison, ce qui le mit

« à deux doigts de la mort. Ayant ap-

« pris sa maladie, j'aimai mieux hasar-

« der ma réputation que de laisser périr

« mon bienfaiteur. Je le fis donc trans-

« porter chez moi pour le soigner.

« Je vécus avec lui sous le même toit

« pure et nette, et avec la plus grande

« modestie, sans avoir jamais la moin-

« dre pensée déshonnête. Il est aussi
« innocent que moi, et tout ce qu'on
« rapporte sur notre mariage est faux.
« C'est mon père qui l'a dirigé. Le gé-
« néral Hû-hiau nous a servi de média-
« teur, et a pris lui-même la peine de
« dresser le contrat. Cependant, quoi-
« que mariés, nous n'avons point encore
« été réunis dans le même lit. Comme
« c'est une affaire particulière entre
« mari et femme, je n'en aurais rien dit
« à Votre Majesté, si elle ne m'avait or-
« donné de parler. Je la supplie d'a-
« voir égard à la justice de ma cause. »

Le mandarin Tieh-ying présenta pareillement le mémoire suivant à l'empereur.

« Je, Tieh-ying, *tu-cha-yuen* (supé-

« rieur des vice-rois), présente ce mé-
« moire à Votre Majesté avec tout le
« respect que je lui dois. Les rites du
« mariage doivent être observés par le
« père et la mère de chaque partie. Lors-
« qu'un père a dessein de marier son fils,
« il est de son devoir de lui chercher
« une femme vertueuse. Mon fils, qui est
« un des premiers docteurs de l'empire,
« ne peut ignorer les cérémonies et les
« coutumes, ni encore moins violer les
« lois de l'empire. Etant soumis à Votre
« Majesté et aux mandarins, comment
« oserions-nous les enfreindre? La jeune
« demoiselle Shuey-ping-sin a trop
« d'honneur et de bon sens pour con-
« sentir à ce qui peut nuire à sa réputa-
« tion. Ce qu'on a dit à Votre Majesté
« au sujet de ce mariage est absolument

« contraire à la vérité. Ces troubles ne
« sont arrivés que par un effet de la
« haine et de l'envie de certaines per-
« sonnes. Votre Majesté a assez de lu-
« mière pour découvrir la vérité. »

Voici quel fut le mémoire du père de
la demoiselle.

« Je, Shuey-keu-yé, président du tri-
« bunal des armes, présente ce mémoire
« à Votre Majesté avec le respect et la
« soumission qui lui sont dus.

« Le mariage est un engagement libre,
« qui requiert le consentement mutuel
« des deux parties. Ma fille n'a point
« voulu épouser Kwo-khé-tzu, dont le
« père, étant un des conseillers de Votre
« Majesté, et ayant inspection sur tout

« l'empire, ne peut ignorer les lois ni
« les coutumes. Non content des outra-
« ges qu'il m'a faits, il continue de pré-
« senter des mémoires à Votre Majesté,
« remplis de faussetés et de mensonges,
« de faits injurieux à ma fille, qui a eu
« l'honneur de lui présenter un mémoire,
« auquel je supplie humblement Votre
« Majesté d'avoir égard. »

L'empereur, ayant reçu ces cinq mémoires, fit assembler tous les mandarins
de son conseil, et leur ordonna de les
examiner avec soin. Tous convinrent
unanimement de la vérité des faits, savoir, que Kwo-khé-tzu avait enlevé la
demoiselle par force, et qu'elle avait
reçu Tieh-chung-u chez elle pour le
faire soigner pendant sa maladie ; mais

qu'à l'égard de la conduite qu'ils avaient
tenue depuis, ils ne pouvaient rien décider, et qu'il fallait s'en informer auprès du mandarin qui exerçait la charge
de *che-hien* dans le temps où l'affaire
avait eu lieu. Ils firent venir aussitôt ce
mandarin, qui se rendit en conséquence
à la cour. L'empereur voulut l'inter-
roger lui-même :

« Vous qui étiez, lui dit-il, *che-hien*
de ce district, connaissez-vous l'affaire
qui s'est passée entre Tieh-chung-u et
Shuey-ping-sin? Examinez ces cinq
mémoires; dites-moi qui a raison ou
tort : autrement je vous punirai aussi
sévèrement que les coupables. »

Le *pao-che-hien*, les ayant lus, répondit à Sa Majesté que les défendeurs
n'avaient rien avancé qui ne fût vrai;

mais qu'il ne pouvait rien décider tou-
chant leur mariage, vu qu'il s'était fait
à Péking.

L'eunuque Chou dit alors à l'empereur : « Il est possible qu'ils aient vécu
auparavant comme on le dit, mais ayant
depuis été mariés deux fois, il n'est pas
vraisemblable qu'ils aient conservé leur
chasteté ainsi qu'ils le disent. »

L'empereur trouva sa remarque juste,
et ordonna à tous les mandarins de se
rendre au palais le lendemain matin, et
à Tieh-chung-u et à la demoiselle de les
accompagner.

CHAPITRE XII.

―――

Tous les mandarins s'étant rendus au palais avec Tieh-chung-u et sa femme, l'empereur vint à l'audience, où, après avoir reçu le salut ordinaire (1), il ordonna à Tieh-chung-u de se présenter. L'empereur fut ravi de sa bonne mine, et lui dit :

(1) Ce salut consiste à se prosterner neuf fois devant le trône, en frappant du front contre terre. (*Voyez* Duhalde.)

« Est-ce vous qui avez forcé le palais de Tah-quay, et qui avez délivré Han-yuen avec sa femme et sa fille ? »

Il répondit affirmativement.

« Est-ce vous, reprit Sa Majesté, qui avez protégé le général Hû-hiau ?

« — C'est moi-même.

« — Ces deux actions vous font honneur, et annoncent un grand courage. Est-il vrai, comme on le dit, que vous avez demeuré chez Shuey-ping-sin pendant votre maladie, et que vous êtes resté cinq jours et cinq nuits avec elle sans aucun mauvais dessein.

« — Cela est encore vrai.

« — On peut trouver un homme juste et sincère, mais il est difficile d'en trouver un qui vous ressemble. Vous dites dans votre requête que vous avez été ma-

riés deux fois : comment cela s'est-il
fait ?

« — Lorsqu'on m'a transporté chez
cette demoiselle pendant ma maladie,
on fit courir de faux bruits sur notre
conduite, et voilà la cause de nos deux
mariages, Si nous eussions cohabité
ensemble la première fois que nos parents convinrent de notre mariage, nous
aurions nui à notre réputation : en conséquence, nous avons vécu séparés jusque aujourd'hui. Puisque Votre Majesté
veut connaître la conduite que nous
avons tenue, nous osons l'assurer que
nous avons été comme le soleil parmi
les nuages: c'est la présence seule de
Votre Majesté qui nous tire de cette obscurité et qui nous rend notre
éclat. »

L'empereur l'écouta avec beaucoup d'attention, et lui dit :

« Shuey-ping-sin est donc encore vierge ? »

Il fit ensuite appeler la demoiselle, qui lui parut aussi belle qu'un ange, et lui demanda si elle se nommait Shuey-ping-sin.

« C'est mon nom, répondit-elle.

« — Le *che-hien* de votre ville m'a dit que vous vous étiez tirée trois fois par votre esprit des mains de Kwo-khé-tzu.

« — Je suis une pauvre fille : Kwo-khé-tzu, profitant de l'exil de mon père dans la Tartarie, a voulu me contraindre à l'épouser, et, voyant que je n'étais pas en état de lui résister de vive force, j'ai eu recours à la ruse

pour me délivrer de ses importunités. »

L'empereur se mit à rire, et ajouta :

« Comment se peut-il que vous, qui
ayez eu peur de Kwo-khé-tzu, ayez eu
le courage de recevoir un étranger chez
vous? N'avez-vous pas craint qu'on par-
lât mal de vous?

« — Le service qu'il m'avait rendu
était trop grand pour ne point le reconnaître, même au prix de ma réputation. »

Alors l'empereur se mit de nouveau
à rire.

« Avant que vous ne connussiez Tieh-
chug-u, dit-il, vous l'avez d'abord reçu
chez vous, sans aucun égard pour les
murmures et les reproches du public;
aujourd'hui vous l'avez épousé par or-

dre de vos parents, et vous vivez dans
des appartements séparés : pourquoi
agissez-vous ainsi ?

« — Ces murmures étaient légers , et
je compris que le départ de Tich-chung-u
les ferait cesser ; mais aujourd'hui, lorsque nous sommes unis par les nœuds
d'un mariage légitime, je craindrais de
me couvrir d'infamie pour le reste de
mes jours. Ce n'est qu'en tremblant que
je parais devant Votre Majesté. »

L'empereur , ravi de son ingénuité,
de la modestie et de la défiance avec
laquelle elle défendait sa cause , lui
dit :

« Jeune femme, la conduite que vous
avez tenue est si belle , qu'il serait impossible de trouver votre pareille, quand
même on remonterait à l'antiquité la

plus reculée. Vous méritez d'être révé-
rée comme une sainte dans toutes les
parties du monde. Que quatre eunuques la conduisent chez l'impératrice (1), et qu'elle ordonne à ses femmes
d'examiner si elle est vierge ou non. »

Quatre eunuques la conduisirent aussitôt chez l'impératrice, qui ordonna à
deux suivantes de s'assurer de sa virgi-

(1) Comme la polygamie est permise à la Chine,
l'empereur a coutume d'avoir un grand nombre de
femmes ; mais une seule porte le titre d'impératrice, ou d'épouse choisie, et a la permission de
manger avec lui. Parmi celles d'un rang inférieur,
il y en a neuf du second et trente du troisième,
qu'on appelle simplement femmes. Viennent après
les concubines, dont le nombre est au gré de l'empereur. Elles se tiennent dans des appartements
séparés des premières, à moins qu'il n'en prenne
quelqu'une en amitié, et dans ce cas il la fait

nité. Elles revinrent un moment après,
et lui dirent :

« Nous avons exécuté les ordres de
Votre Majesté, et nous lui déclarons
que Shuey-ping-sin est vierge. »

L'impératrice lui fit servir du thé, et
envoya leur réponse à l'empereur, qui
la communiqua aux mandarins de sa
cour.

passer dans la cour intérieure. En général il té-
moigne plus d'amitié à celles qui lui donnent le
plus d'enfants, surtout à la mère du premier,
quoiqu'elles soient toutes inférieures à l'impératrice, et obligées de la servir à table. (*Voyez
Hist. mod. univ.*, viii, p. 64; Magal., p. 290,
308; Semedo, page 113; Duhalde, vol. 1, page
293.)

Les mandarins ont soin de choisir les plus bel-
les filles de leur gouvernement pour le sérail de
l'empereur.

« Quoique Shuey-ping-sin, leur dit-il, ait été mariée deux fois avec Tich-chung-u par ordre de ses parents, et qu'elle soit restée auparavant cinq jours avec lui dans la même maison, elle a néanmoins conservé sa virginité, la chose n'est plus douteuse. Je m'estime heureux de posséder un diamant aussi précieux. C'est le fait le plus extraordinaire qui soit jamais arrivé : je veux le faire connaître à mes sujets, afin qu'il leur serve d'exemple. Cependant, si je n'avais pas examiné cette affaire moi-même, un mérite aussi rare eût été enseveli dans la disgrâce, comme une pierre précieuse tombée dans le fumier. »

Il demanda ensuite à ses mandarins leur avis.

« Votre Majesté, lui répondirent-ils,

a examiné et jugé l'affaire : nous nous en rapportons à sa décision. »

L'empereur, ayant fait appeler le mandarin Kwo-sho-su, lui parla en ces termes : «Vous êtes ministre d'état et un des premiers conseillers de l'empire : pourquoi n'avez-vous pas puni votre fils? Il a essayé trois fois d'enlever une jeune fille de bonne naissance, il l'a insultée de la manière la plus injurieuse; non content de le soutenir, vous vous êtes efforcé de diffamer un innocent : ce sont des crimes que je ne saurais pardonner. »

A ces mots, Kwo-sho-su fut saisi d'une frayeur extrême, et se jeta aux pieds de l'empereur, en disant :

« Tieh-chung-u et Shuey-ping-sin,

8.

sont dans la fleur de la jeunesse, et sont restés ensemble dans la même maison : je n'ai pu m'imaginer qu'ils eussent agi avec réserve et modestie. J'espère donc que Votre Majesté voudra bien me pardonner. »

L'empereur fit ensuite appeler Vang-yo et lui parla ainsi :

« Vous êtes censeur de l'empire : pourquoi n'avez-vous pas mieux examiné cette affaire avant de m'en faire le rapport? Rien n'est plus injuste que de m'en imposer dans un cas qui intéresse l'honneur et la réputation de tant de personnes. Si je m'en fusse rapporté à vous et si je n'eusse pas examiné moi-même l'affaire, la vérité eût été étouffée par la honte et l'infamie. »

Le mandarin, frappé de ce reproche juste et sévère, se jeta aux genoux de l'empereur en s'écriant :

« Je mérite d'être puni ; je suis à la discrétion de Votre Majesté. »

Lorsque le gouverneur Wey-phey se présenta, l'empereur lui adressa ainsi la parole : « Comme vous avez eu égard à la justice, que vous avez résisté aux présents, et rétabli la réputation de Shuey-ping-sin, je veux vous récompenser des peines et des soins que vous avez pris. »

Sa Majesté donna aussitôt la déclaration suivante :

« Deux de mes sujets viennent de donner un exemple si rare de leur mérite, que je trouve à propos de le pu-

blier dans tout mon empire, pour qu'il
serve d'encouragement aux personnes de
l'un et de l'autre sexe. Shuey-ping-sin
est une fille dont on ne peut trop louer la
vertu et le courage. Sa vertu l'a mise trois
fois en état de résister aux poursuites les
plus pressantes, pour conserver sa pu-
reté et sa chasteté. Par un effet de son
courage, elle a reconnu les services que
lui avait rendus son bienfaiteur, au
risque de nuire à sa réputation : car,
quoique seule et délaissée, elle a reçu
chez elle un étranger pour le soigner
pendant sa maladie. Son mérite et sa
vertu seraient encore inconnus et mé-
prisés, si je n'avais eu le bonheur de
les découvrir moi-même. J'ai trouvé
Shuey-ping-sin pure et sans tache, et
digne par conséquent d'être célébrée

dans toute l'étendue de mon empire.

« Tieh-chung-u est un jeune homme vertueux, intègre et courageux. Il n'a pas craint de forcer le palais d'un homme de qualité, pour tirer un vieillard, sa femme et sa fille, de l'oppression sous laquelle ils gémissaient. Il s'est rendu caution pour le général Hû-hiau, et s'est déclaré son protecteur. Il a tiré Shuey-ping-sin des mains de la violence. Quoique marié avec elle pour la deuxième fois, il a conservé sa chasteté, dans le temps même où l'on murmurait publiquement de sa conduite. Tout cela était inconnu, et c'est moi, empereur, qui l'ai découvert, et en ai reconnu la vérité. Il mérite d'être loué dans tout l'empire, et d'avoir le pas sur tous les capitaines. Il est digne de recevoir

Shuey-ping-sin pour épouse, et Shuey-
ping-sin mérite de l'avoir pour époux.
Ils sont tous deux d'une vertu supérieure, et je ne puis m'empêcher de les
louer et de les applaudir. C'est pourquoi
j'élève ledit Tich-chung-u au degré de
ta-hio-tse (magistrat d'une capacité
éprouvée), et le constitue de plus *co-lau*
(ministre d'état). Quant à Shuey-ping-
sin, je la crée *fu-gen*. Je veux être moi-
même leur médiateur, et en cette qualité je leur fais présent de cent pièces
d'or fin (1), et de cent pièces d'or et
d'argent, d'un habit de ma garderobe et
d'une couronne. Je veux que ma musi-

(1) Ce que les Portugais, et plusieurs autres
nations, appellent *pains d'or*, est appelé par les
Anglais *shoes of gold*, et par les Hollandais
goltschut ou *bateaux d'or*, parce qu'ils ont la fi-

que les accompagne, que leur noce soit
célébrée à mes dépens, et que tous les
chanceliers, les mandarins et les officiers
de ma cour, accompagnent l'épouse chez
son mari, afin que tout le monde sache
que je sais récompenser la vertu et le
mérite.

« A l'égard des mandarins Shuey-
keu-yé et Tieh-yinh, je les avance de
trois degrés (1), pour les récompenser

gure d'un soulier ou d'un bateau. Cent de ces
pains valent dix mille livres sterling. Ils sont
d'un or très fin et très pur. (Tavernier, part. 2,
page 8.)

(1) Ces degrés sont des distinctions honorifi-
ques. Lorsque la conduite d'un mandarin mérite
une récompense ou un châtiment léger, ses supérieurs l'élèvent ou l'abaissent de trois ou quatre degrés. Le mandarin est obligé de mettre à
la tête des ordres qu'il expédie le nombre de de-

de la bonne éducation qu'ils ont donnée à leur fils et à leur fille.

« Quant à Wey-phey, je le renvoie à son poste de *che-hien* pour trois ans après lesquels je l'élèverai à un poste plus considérable, afin de le récompenser de son intégrité.

« J'avance l'ancien gouverneur *pao-che-hien* d'un degré, en faveur de l'exactitude avec laquelle il m'a rendu compte de cette affaire.

« Le ministre Kwo-sho-su mériterait la mort pour avoir mal élevé son fils, et

grés dont il a été avancé ou reculé. Lorsqu'un homme a été élevé au dixième degré, il est fait pour l'ordinaire grand-mandarin, comme au contraire, s'il est abaissé de dix degrés, il court risque de perdre son emploi. (*Voyez* Duhalde, vol. 1, page 258.)

pour avoir diffamé des gens de mérite;
mais ayant égard aux services qu'il m'a
rendus, je le renvoie au tribunal des
crimes pour y être dépouillé de son emploi, et y recevoir cinquante coups de
bâton (1).

« Le censeur Vang-yo, dont l'accusation a été reconnue fausse, sera déchu
de trois degrés, et perdra trois ans de
ses honoraires.

« Kwo-khé-tzu, qui a tenté trois fois
d'enlever Shuey-ping-sin, et qui a fait

(1) A la Chine, les plus grands ministres ne
sont pas à l'abri des châtiments; lorsque l'empereur reconnaît leurs fautes, il les traite comme
les derniers de ses sujets. Ces sortes d'exemples
sont fréquents à la cour de Péking.

Le P. Le Compte rapporte que, pendant son
séjour à la Chine, trois mandarins du rang de
co-lau (ministre) furent cassés pour s'être laissé
corrompre. J'ai ignoré, dit-il, ce que les deux

donner du poison à Tieh-chung-u , a commis un crime énorme. Je le renvoie au gouverneur de la ville , pour recevoir cent coups de bâton , et je le bannis pour vingt ans du lieu de sa naissance.

« Je récompense chacun selon son mérite. Ceux qui feront bien auront part à mes faveurs, ceux qui feront mal seront punis. Que cette sentence soit publiée dans toute l'étendue de mon empire. »

autres devinrent ; mais le troisième, qui était un ancien magistrat , vénérable par son âge, et fort estimé par sa capacité, fut condamné à garder une des portes du palais. Je le vis un jour dans cet état d'humiliation, montant la garde comme une simple sentinelle : je le saluai en passant , en mettant un genou en terre, tous les Chinois respectant encore en lui l'ombre de la dignité dont il avait été revêtu.

CHAPITRE XIII.

L'impératrice fit beaucoup d'amitié à Shuey-ping-sin, la renvoya avec de riches présents, et chargea quatre eunuques de la reconduire chez l'empereur. Sa Majesté la reçut de la manière la plus gracieuse.

« Jeune fille, lui dit-il, c'est avec peine qu'on trouvera dans l'histoire une conduite pareille à la vôtre. Vous étiez à la veille de perdre votre réputation, et je viens de la rétablir en publiant votre vertu dans tout mon empire. Vous pouvez vous marier dès aujourd'hui.

Je vous souhaite une fortune prospère et une longue vie. Puissiez-vous avoir des enfants aussi sages et aussi vertueux que vous ! »

Tich-chung-u , Shuey-ping-sin et tous les mandarins remercièrent l'empereur et se retirèrent. Les nouveaux mariés partirent de leur maison accompagnés d'un nombreux cortége ; en traversant les rues, ils reçurent de toutes parts des éloges et des applaudissements.

C'est ainsi que Shuey-ping-sin , après une infinité de traverses , fut élevé au comble de la gloire, ce qui donna lieu à des vers dont voici le sens :

« Les roses n'ont de l'odeur qu'après qu'elles sont épanouies; les pierres précieuses n'ont d'éclat qu'après qu'elles sont polies ; le froid fait doubler le pas ;

et pressé par l'adversité, l'on se hâte dans le chemin de la vertu. »

Les nouveaux mariés en arrivant trouvèrent la salle magnifiquement éclairée et un festin splendide. Ils se saluèrent l'un l'autre en présence de la compagnie, et témoignèrent publiquement combien ils étaient sensibles aux bontés de l'empereur. Ensuite ils saluèrent respectueusement leur père et leur mère, ainsi que les mandarins qui les accompagnaient, et les remercièrent de leurs politesses. On servit alors un splendide festin.

Le repas fini, Tieh-chung-u et son aimable épouse s'acquittèrent des cérémonies usitées; les mandarins prirent ensuite congé d'eux, et allèrent annoncer à l'empereur que les cérémonies étaient terminées : et que le jeune couple le remerciait de ses bontés.

Kwo-sho-su reçut son châtiment avec une parfaite résignation, mais il fut touché vivement du sort de son fils. Le censeur Vang-yo fut inconsolable de sa dégradation ; les autres reçurent le châtiment qu'ils avaient mérité par leur mauvaise conduite, ce qui donna lieu à Tieh-chung-u de composer des vers dont voici le sens :

« Le méchant fait le mal sans considérer les suites ; mais lorsque le temps est venu, il reçoit le châtiment qu'il mérite. Que cet exemple fasse impression sur vous ; changez de conduite, et souvenez-vous qu'avec la vertu seule on peut acquérir de la réputation et de la gloire. »

Tieh-chung-u et Shuey-ping-sin vé-
curent ensemble plusieurs années dans
un bonheur parfait, et continuèrent de
s'aimer avec la même tendresse. Tieh-
chung-u ne pouvait se lasser du mérite de sa femme, et la remerciait sans
cesse des services qu'elle lui avait rendus, en disant qu'il lui était redevable de la haute fortune dont il jouis-
sait. De son côté elle lui prodiguait les
éloges les plus flatteurs, le remerciait
à son tour de ses bontés, l'assurait
qu'elle n'était pas digne d'être sa ser-
vante, et qu'elle lui serait toujours sou-
mise et le servirait toute sa vie avec
l'affection la plus tendre et la plus res-
pectueuse. Voici le sens des vers qu'on
composa à leur sujet.

« Les nouveaux mariés retournent

chez eux en pompe, au bruit des accla-
mations publiques, afin que leurs vertus
soient connues et engagent les autres à
les imiter. On les avait ignorées jusqu'ici, mais aujourd'hui elles sont pu-
bliées par tout l'univers. »

Tieh-chung-u et Shuey-ping-sin vé-
curent après leur mariage dans une parfaite harmonie et de la manière la plus
exemplaire, servant l'empereur avec une
fidélité sans exemple, aimés et admirés
de tout le monde.

Tous deux fournissent un exemple
frappant de vertu et d'intégrité. Puisse
leur réputation durer autant que les
siècles.

Ici finit Hau-Kiau-Choaan, ou l'Union
bien assortie.

FIN.

ŒUVRES COMPLÈTES

DE MESDAMES

De la Fayette, de Tencin et de Fontaines,

Ornées de deux beaux portraits, et précédées de notices par MM. Étienne et Jay. Cinq volumes in-8° papier fin satiné. Prix : 30 fr.

L'ANTIDOTE DE MONTROUGE,

Par Salgues, seconde édition. Un vol. in-8°. Prix : 6 fr.

PETIT
CATÉCHISME DES JÉSUITES,

PAR LE R. P. PICOTIN.

Prix. . . . . 2 fr.

DISCOURS DU GÉNÉRAL FOY,

Deuxième édition.

Deux volumes in-8°. . . . . 12 fr.

MÉMOIRES DE LACHALOTAIS,

Précédés d'une introduction, par Gilbert de Voisin. Un volume in-18. . . . . 2 fr. 50 c.

ESSAI D'ÉDUCATION NATIONALE,

Ou plan d'études pour la jeunesse, par La Chalotais. Un volume in-18. . . 2 fr. 50 c.

DICTIONNAIRE

Des Gens de lettres vivants, par un descendant de Rivarol. Un vol. in-18. Prix : 2 fr. 50 c.

www.ingramcontent.com/pod-product-compliance
Lightning Source LLC
Chambersburg PA
CBHW051824020726
47502CB00005B/1619